Novelist

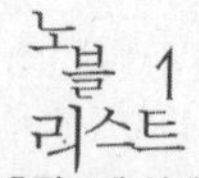

초판 1쇄 인쇄일 2015년 6월 18일 | **초판 1쇄 발행일** 2015년 6월 23일

지은이 이기준 | **펴낸이** 곽중열 | **담당편집 팀장** 이범수
편집부 신연제 이윤아 김호성 김은경

펴낸곳 (주) 조은세상 | 출판등록 제 2002-23호
주소 경기도 연천군 미산면 청정로 1355
TEL 편집부 02)587-2966 | FAX 02)587-2922
e-mail bukdu@comics21c.co.kr

ISBN 979-11-5832-125-3 | ISBN 979-11-5832-124-6(set) | 값 8,000원

노블리스트

Novelist

1

이기준 퓨전 판타지 장편소설

NEO FUSION FANTASY STORY & ADVENTURE

북두
(주)조은세상

CONTENTS

NEO FUSION FANTASY STORY & ADVANTURE

NEO FUSION FANTASY STORY & ADVANTURE

1. 진입! 나르바하

Novelist

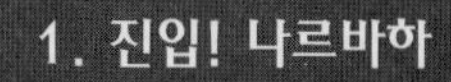

1. 진입! 나르바하

노블리스트

나는 중증의 활자중독 환자였다. 따뜻한 햇빛과 읽을 소설. 이 두 개만 있으면 세상은 내게 천국이었다.

그렇게 한 이삼 년을 살다가, 어느 순간부터인가 읽는 것들이 예전만큼 재미있지 않게 되었다. 모든 글이 시시해졌다. 내가 써도 이보다는 더 잘 쓸 수 있겠달까.

나는 그때부터 직접 글을 쓰기 시작했다. 나는 이 새로운 놀이에 정신없이 빠져들었다.

그러나 내 노력은 핀트가 잘못되어 있었다. 정작 나오라는 분량은 나오지 않고, 설정만 눈덩이처럼 불어갔다. 흔히 말하는 설정충이 바로 나였다.

무려 2년, 소설 하나의 설정을 짠 시간만 2년이었다.

나는 세계를 만들었다. 지도를 그렸고, 나라들을 배치했다. 풍습, 언어, 종족, 종교, 신분제 등 상상할 수 있는 모든 것을 써내려갔다. 심지어 그 나라의 주요 인물들의 이름과 직책, 성격, 가족관계, 친구관계까지도.

장장 이 년여 공을 들여 완성된 세계의 이름은 '나르바하'. 그래서 소설의 제목은 '나르바하의 여명'이 되었다.

이걸 국내 최대의 장르문학 전문 사이트 Mpia로 가져오면서, 나는 이게 톨킨 정도는 아니어도 최소 중박은 날 줄 알았다. 난 완전 이 세계에 미쳐 있었거든.

– @.@…설정이 너무 복잡해요

– 테나단이 주인공인 거죠?

– 으음…….

– 논문을 읽는 느낌.

– 하차합니다.

– 하차할게요 ^_^

연재 한 달째. 보시다시피 성적은 이 모양이다. 조회수가 처음 몇 편을 제외하고는 두 자리를 벗어나질 못했다. 한국의 톨킨이 아니라 한국의 듣도 보도 못한 잡것이 돼버린 것이다

왜 이런 걸까? 너무 설정에 익숙해져버린 탓일까? 내게

는 너무나 당연한 이야기인지라, 어디가 어떻게 복잡하다는지 도대체 알 수가 없었다. 이게 이 소설에서 얼마나 중요한 장면이고 얼마나 중요한 인물들인데, 이 이상 어떻게 더 쉽게 쓰란 말야?

조회수가 안 나오니 자연히 글 쓰는 재미도 시들시들해졌다. 당장에라도 글을 엎어버리고 싶었으나, 이제와서 리메이크 선언을 할 수도 없었다. 서른여 편의 모든 연재분에 꼬박꼬박 댓글을 달아주는 열성 독자 '아약' 님 때문이었다.

- 흥미진진해지는데요?

- 과연, 테마르의 전사들은 신앙심이 투철하군요.

- 욜의 여자들은 섹시하네요. 아참, 오늘도 재밌게 읽고 갑니다!

아약은 작가가 고용한 알바생이 아닌가 싶을 만큼 내 글에 열성적이었다. 나도 의심이 갔다. 혹시 이 사람, 사이트에서 개발한 좌절금지 프로그램이 아닌가 하는.

어쨌거나 단 한 명의 열혈독자를 위하여, 나는 꾸역꾸역 연재를 해나갔다. 그리고 정확히 52편 째에서 아약의 댓글이 끊겼다.

나는 업로드를 하고 두 시간동안 화면을 멍하니 바라보

았다. 아무렇지 않은 척 게시판에서 친목질도 하고, 인터넷 서핑도 하면서 화면을 새로고침했다. 그날 아약은 끝까지 나타나지 않았다.

❖

오전 열시. 인간이 학교와 직장을 가장 펑크내고 싶어 한다는 시간이다. 야속하게도 간밤에 세상은 무너지지 않은 모양이다. 확 망해버렸으면 좋았을 텐데 말이다.

집안은 황량했다. 엄마는 식탁에 아침을 차려두고 출근하신 듯했다. 나는 세수도 안 한 채로 깨작깨작 끼니를 때웠다.

소설은 접어야겠다. 연재중단 공지라도 써야겠네.

갑자기 세상만사가 귀찮아졌다. 어차피 아무도 봐주지도 않는 글, 연중 공지를 올리거나 말거나.

나는 컴퓨터를 켜고 얼마 전에 산 게임을 켰다. 오늘 하루는 이걸로 때워보자. 지금 내 바람은 오직 하나였다. 제발 소설 생각이 안 날 만큼 재밌어다오.

"젠장."

두 시간 째.

"그래, 내가 졌다!"

나는 작업폴더를 열었다. 폴더는 2년간 모아온 설정집

으로 가득 차 있었다. 나는 그걸 휴지통으로 드래그하려다가, 문득 손을 멈췄다.

이걸 버릴 수는 없다. 내 세계는 여전히 완벽해. 나는 세상 하나를 통째로 만들어냈어. 톨킨처럼, 신처럼. 내가 잘못한 게 있다면 그건 내게 세계를 제대로 풀어낼 이야기 솜씨가 없는 탓이지.

……독자들이 멍청한 탓도 조금은 있을지도 모르겠고.

그래. 훗날을 위하여 설정집은 간수하자. 소설은 미련 없이 없는 걸로 하고. 그럴 생각으로 Mpia의 홈페이지를 띄웠을 때였다.

– 새로운 쪽지가 도착했습니다.

쪽지 아이콘이 하이라이트 되고 있었다. 아마도 사이트 주인장의 전체쪽지겠지. 그런 짐작을 하며 무심히 열어보았다.

– 안녕하세요. G미디어 기획팀장 김치우입니다.

피곤해서 눈이 삔 건가.

나는 눈을 끔뻑이며 화면을 쳐다보았다. 하지만 쪽지는 사라지지 않았다. 마우스를 쥔 손이 수전증 환자처럼 떨려왔다. 갑자기 말도 안 되는 상상이 치밀어 올랐다.

아니, 진정해라. 이거 광고 쪽지잖아. G미디어란 출판사는 들어본 적도 없어.

– 안녕하세요, 유빈 작가님. 그동안 유빈님의 글을 주의 깊게 지켜보았어요. 저 아약입니다.

그 사람이다.

사라졌던 아약님이 다시 나타났다. 그것도 출판사의 기획팀장으로. 나는 숨을 쉬는 것조차 잊고 쪽지를 마저 읽어갔다.

– 놀라셨죠? 업무용 아이디라 계정이 다릅니다. 어제는 내부 회의가 있어 댓글을 달아드리지 못했네요 ㅎㅎ 대신에 이렇게 쪽지를 보내드립니다.

단도직입적으로 묻겠습니다, 유빈님. 저희 G미디어와 함께하시겠습니까? 저희 G미디어는 참신하고 개성있는 신인 작가를 발굴하고 있습니다. 저희는 유빈님의 창작물을 전적으로 수용할 준비가 되어 있습니다. 다른 출판사가 결코 해줄 수 없는 업계 최고의 대우를 약속드립니다 :)

갑작스러운 제안이라 당황스러우시겠지만, 대화부터 나눠보길 소망합니다.

아래는 제 연락처입니다.

설마설마 했는데, 출판 제의가 맞았다. 나는 혼란스러웠다. 어떤 미친놈이 연재 한 달에 조회 한자리수 글을 출판한단 말야? 연독률 개판에 선작수 바닥, 누가 봐도 이 글은 망한 글일 텐데.

심지어 그냥 출판도 아니고 업계 최고의 대우를 해주겠단다. 아무리 열혈독자였다 하더라도, 팬심으로 출판을 했다간 회사 말아먹기 딱 좋겠다.

신종 사기인가? 차라리 사기 쪽이 더 그럴듯했다. 출판 명목으로 신인 작가들을 꼬셔서 저임금으로 부려먹는다던가, 갖은 명목으로 돈을 후려쳐 잠수탄다던가.

"가만, G미디어라고…."

나는 검색창에 G미디어를 쳐보았다. 아무것도 뜨는 게 없었다. 혹시나 해서 구글에서 검색을 해봤는데도 뜨는 게 전혀 없었다.

홈페이지조차 없는 출판사, 조회수 세 자리수 글에 컨택을 넣는 기획자. 이건 대놓고 널 잡수겠소 하는 꼴 아닌가.

나는 팔짱을 끼고 고민에 빠졌다. 고민을 하는 이유는

다름이 아니었다. 아약님의 댓글들에 진정성이 있었기 때문이다. 아약님은 내 글을 처음부터 끝까지 정독하고 댓글을 달아주셨어. 어떤 사기꾼이 그렇게까지 할까? 논문처럼 복잡하다는 글을.

그리고 난 고딩이잖아? 고딩을 사기쳐봤자 한 달 용돈밖에 더 뜯어내겠어?

“하아.”

나는 시계를 체크했다. 오전 열한시 반. 학교 가기에는 늦어도 너무 늦었다. 그리고 애니나 보면서 시간 때우기에는 시간이 남아도 너무 많이 남았다.

‘전화 한 번 해보는 게 나쁠 건 없으니까.’

나는 휴대폰을 들었다. 그러고도 십 분을 더 망설였다. 신호음만 넣고 취소하기도 했다.

‘에라, 설마 별일 있겠어.’

남자가 칼을 뽑았으면 무라도 썰라고 했다. 작가가 펜을 들었으면 김칫국이라도 마셔보고 연중이건 뭐건 해야 하는 거 아니겠냐. 나는 될 대로 되라는 심정으로 전화를 걸었다. 무미건조한 신호음이 10초간 이어지더니, 이윽고 전화 너머에서 허스키한 남성의 목소리가 들려왔다.

“여보세요?”

“예, 아니… 저기….”

“유빈 작가님이십니까?”

이 남자, 눈치가 어마어마하다. 나는 말을 더듬다가 벙찐 표정으로 수긍했다.

"예."

"아, 전화 잘 주셨습니다. 안 그래도 기다리고 있었어요. 제가 작가님의 글을 위에 추천했거든요. 연락 안주시면 섭섭할 뻔 했지 뭡니까, 하하하."

남자의 웃음소리에는 꾸밈이 없었다. 경계심이 많이 누그러지는 것 같았다. 일단은.

"아약님이시죠?"

"예, 그렇게 불러주시면 되요."

"쪽지를 보내주셨던데요. 계약에 관해서."

"네, 그거요. 생각을 해보셨나요?"

"아직 너무 갑작스러워서요. 일단 전화라도 해보라고 하셔서 전화 드렸어요."

"예, 잘하셨습니다. 작가님이 손해 볼 일은 전혀 없을 겁니다. 저희는 계약을 한 작가님들에게 모든 걸 우선적으로 맞춰드리고 있어요."

"그 계약 말인데요. 저 말고도 다른 작가님들도 많이 했다는 거죠?"

"물론이죠, 이름만 대면 알 만한 작가님들이 많습니다."

"제가 G미디어라는 출판사를 처음 들어서, 인터넷에

검색해봤더니 검색이 안 되더라고요."

"아, 검색을 해보셨군요. 실례지만 검색어를 뭐라고 치셨는지요?"

"G미디어요."

"하하하, 거기서 착오가 있었네요. 저희는 조금 특수한 업체라, 상호명과 내건 간판이 일치하지가 않아요. 왜 그런 거 있잖습니까? 골목 상권을 위해 대기업이 자제를 해야 한다는 거. 본사가 너무 유명하다보니 부득이하게 이런 편법을 쓰는 거죠."

"아하."

납득이 되었다. 어른의 사정이라는 이야기 같다. 나는 순진하게 되물었다.

"그럼 본사 상호명은 어떻게 되는데요?"

"갓."

"예?"

"영어로 지, 오, 디. 갓입니다. 한국말로는 신, 일본어로는 카미."

"신 출판사인 건가요?"

"말하자면 그렇죠. 출판이 주업무는 아니지만요."

검색창을 하나 켜서 신 출판사로 검색해보았다. 역시나 뜨는 게 없었다.

"혹시 계약된 작가님들 중에서 제가 알만한 분이 있을

까요?"

"알만한 작가라…… 톨킨은 아시겠죠?"

"네."

"그분도 저희 회사와 계약을 하셨었습니다."

"존 로날드 로웰 톨킨 말씀이신가요? 반지의 제왕을 쓴?"

"하하, 워낙 유명한 분이다보니 역시 잘 아시네요. 해리 포터를 쓰신 조앤 롤링씨와도 접촉해봤는데 이분과는 아쉽게도 계약이 불발되었습니다. 육아 문제 때문이었죠. 그 외에도 극작가 셰익스피어씨라던가, 한국에서는 실학자 박지원씨, 장르작가로는 이한빈씨가 있어요."

뭔가 이상한 말을 들은 것 같았다. 농담같은데 농담같지가 않았다. 나는 불현듯 이 통화가 위험하다는 생각이 뇌리를 스쳤다. 제 삼의 가능성을 염두에 두질 않았던 것이다. 그냥 미친놈이라는 거.

"저 그만 끊어야겠어요. 부모님이 오셔서."

"유빈 작가님. 계약 얘기는 어떻게 하는 걸로…."

"괜찮아요. 진짜 끊어야겠어요. 시간이 없어서."

"그럼 댁으로 방문해도 되겠습니까?"

"예에? 아뇨, 오지 마세요."

"댁에 아무도 안 계시는군요. 실례하겠습니다."

"자, 잠깐만요…!"

펄럭 소리와 함께 시원한 바람이 뒷덜미를 간지럽혔다. 나는 본능적으로 뒤를 돌아보았다.

"으, 으아악!"

나는 귀청이 떨어져 나가도록 소리를 지르며 나가떨어졌다. 엉덩이를 바닥에 쿵 찧는 바람에 눈물이 나도록 아팠지만, 지금 아픈 게 문제가 아니었다. 혼자만 있어야 할 방에 웬 금발의 서양인이 나타나 그를 마주보고 있는 것이다. 너무나 놀라서 아랫배에 힘이 쭈욱 빠졌다.

"귀… 귀신!"

"아약입니다."

남자는 가슴에 손을 얹으며 정중하게 고개를 숙였다. 프렌치 코트 자락이 움직임에 따라 깃발처럼 펄럭였다.

"대체 어떻게?"

나는 숨을 몰아쉬며 눈알을 떼룩떼룩 굴렸다. 우리 집은 카드로 출입하는 고층아파트였다. 외부인이 몰래 안방까지 들어올 수 있는 방법 따위는 없었다. 아약은 날 안심시키려는듯 선한 미소를 지어보였다.

"놀라시는 것도 무리는 아닙니다. 저야 이런 일이 익숙하다지만, 계약을 하셨던 작가님들은 매번 죽을 만치 놀라곤 하셨죠."

"당신은 누구죠?"

"신의 사자입니다. 지금은 그렇게만 말해드릴 수 있겠

군요."

"대체……."

"일단 장소를 옮겨야겠습니다."

아약은 그 말을 하며 손가락을 딱 튕겼다. 그 즉시 마치 그래픽을 입히듯 주변 풍경이 감쪽같이 바뀌었다. 내 작은 방이 사라지고, 중세풍의 클래식한 사무실이 나타났다. 단단한 목단의 향이 솔솔 풍겨왔다.

너무나 상식 밖의 일이 연달아 일어나자 뇌가 오히려 적응해버리는 것 같았다. 나는 떨떠름한 얼굴로 주변을 살펴보았다. 이 순간이 그간 소설에서 숱하게 읽어왔던 '기연' 이라는 예감이 들었다. 갑자기 미친 게 아니고서야 그렇게밖에 해석할 도리가 없었다.

뭐야, 그렇게나 까왔던 차원이동물이나 환생물 같은 소설이 실은 다 있을 수 있는 이야기였다고?

"왜죠?"

"예?"

나는 억울하다는 표정으로 따져 물었다.

"왜 이런 일을 하시죠? 절 선택한 것은 어째서죠?"

"어쩐지 기분이 편치 않으신 것 같군요."

"말이 안 되잖아요. 저는 그저 소설을 썼을 뿐이라고요. 고작 소설 좀 썼다고 신의 사자를 만날 수 있다는 게 말이 안돼요."

"흥미롭군요. 이런 상황에서 다른 분들은 그 생각을 안 하시던데 말입니다. 보통은 뭘 얻어낼 수 있을지에 관심이 있죠."

"그럴 수밖에요. 논리적으로 이해하려는 건 포기했는데, 개연성 문제가 남았거든요."

"개연성이라. 역시 작가님이십니다."

아약은 턱수염을 쓰다듬으며 날 흐뭇하게 바라보았다.

"유빈님은 충분히 자격이 있으십니다. 행운이라고도 할 수 있겠지만, 어쨌거나 그 자격은 스스로 얻어내신 겁니다."

"제가 뭘 했다고요?"

"나르바하를 창조하지 않으셨습니까? 스스로를 신과 같다고 생각하셨죠."

속이 뜨끔했다. 아약은 이미 내 속까지 읽고 있었다.

"예, 그게 무슨 신성 모독죄라도 되나요?"

"천만에요. 오히려 그 반대입니다. 신께서는 작가들을 사랑하십니다. 정확히는 작가가 만들어내는 세계를 사랑하시죠. 유빈님, 생각해보십시오. 지금껏 신을 직접 만나본 적이 있었습니까?"

"아뇨."

"만나봤다는 사람은요?"

"있을리가요."

그런 이야기는 판타지 소설이나 경전에서나 나오는 거잖아.

"당연합니다. 신은 세계를 창조하셨지만, 관리는 안하시거든요. 관리 같은 건 언제나 아랫것들의 몫이죠."

"그럼 신은 세계를 한번 만들고 할 일 다 했다는 건가요?"

"그럴리가요. 신께서는 계속 새로운 세계를 만들어내느라 바쁘십니다. 지구가 속한 이 차원 또한 신께서 만든 수많은 작품 중 하나에 불과하죠. 일종의 취미나 여가활동인 셈입니다. 그래서 신께서는 언제나 새로운 소재거리가 필요합니다."

"그렇다면 설마……."

"예."

아약은 그 보석처럼 푸른 눈으로 날 빤히 쳐다보았다.

"신께서는 나르바하의 저작권을 사길 원하십니다."

아약의 말은 상상을 초월하고 있었다. 신이 일개 작가가 쓴 글의 저작권을 산다니, 그런 이야기는 소설에서도 읽어본 적이 없었다. 어떻게 대응해야 할지 막막했다. 하지만 충격이 점차 가시자, 이야기는 단 한 문장으로 요약되었다. 내 자식 같은 세계를 신이 앗아가려 한다는 것이다.

"싫어요."

"어째서입니까?"

"저작권을 팔면 저는 더 이상 그 세계에 권리를 행사할 수 없게 되는 거잖아요?"

"역시 예리하시군요. 맞습니다. 대신 그에 따른 보상은 확실합니다. 이번 생에 무얼 원하시든 G미디어에서는 유빈님의 바램을 현실화시켜드릴 겁니다. 가수, 연예인, 스포츠스타, 그 무엇이든 말입니다."

가수, 연예인, 스포츠스타. 흔한 말로 다시 태어나야 하는 게 다 나왔다. 세상에 다시없을 특권, 그리고 2년간 공을 들여 만든 내 세계. 둘 중에 뭐가 더 중요할까?

"으음……."

나는 눈을 감고 생각에 빠졌다. 고민은 오래가지 않았다.

"결정했어요."

"경청하겠습니다."

"안 팔래요."

"흥미롭군요. 이유가 궁금합니다."

"가수, 연예인, 스포츠스타라고 하셨죠. 네, 확실히 탐이 나네요. 그런 삶이 싫은 사람은 많지 않을 거예요. 하지만 말이죠. 가수가 되고 싶었으면 진작 노랫가사나 외우고 다녔겠죠. 연예인이 되고 싶었다면 예술고에 진학했을 테고, 스포츠스타가 되고 싶었다면 하다못해 점심시간에 공이라도 차고 다녔을 거예요. 그런데 제가 뭘 했는지는 잘 아시죠? 저 밥만 먹고 책만 봤어요. 2년 전부터는 글만 팠고요. 저는 그런 놈이에요. 저는 글을 읽고 쓸 때 가장 행복해요. 그렇게 행동하도록 타고난 놈이라는 거죠. 제가 오늘 이후 갑자기 가수나 연예인이 된다면, 그건 제가 아니에요. 저와 똑같은 모습을 하고 똑같은 이름을 가지고는 있겠지만, 최소한 글을 좋아하고 글에 목숨 걸던 김유빈이란 놈은 죽은 거예요."

"이해했습니다."

아약은 고개를 숙이며 경의를 표했다.

"실망하지 않으시나요?"

"하하, 솔직히 말씀드리자면 제안을 받아들였다면 더 실망했을 겁니다. 대부분의 작가님들은 여기서 걸러지거든요. 유빈님은 거절하실 줄 알고 있었습니다."

"예? 절 테스트해보신 건가요?"

"그건 아닙니다. 제의는 진짜입니다. 하지만 그 제의를 수락한다면 두 번째 옵션을 들을 기회가 없는 것이죠. 이건 흥미로우실 겁니다."

"들어볼게요."

"첫 번째 옵션으로 조정이 안 되는 작가님을 위해 만든 게 바로 이 두 번째 옵션입니다. 자신의 세계에 대한 애착이 너무 커서 세속의 어떤 특혜로도 저작권을 포기할 수 없는 작가님들, 분명 계셨습니다. 톨킨씨도 그런 부류였죠. 그래서 이 옵션은 작가님께 작가님이 창조한 세계에 직접 참여할 수 있는 권한을 드립니다."

"가만…… 저 같은 경우라면 나르바하의 세계 속으로 들어간다는 건가요?"

"바로 그렇습니다. 작가라면 누구나 자신의 상상이 현실화되는 것을 꿈꿀 겁니다. 이 옵션은 그것을 그대로 이뤄드립니다. 신께서 세계를 만들면, 작가는 본인의 소설 속 주인공이 되어 세계에 참여합니다."

"잠깐만요. 톨킨도 그 제안을 받아들였다고요?"

"그렇습니다만."

"그럼 톨킨은 아라곤이 된 거에요, 프로도가 된 거에요?"

예상치 못했던 질문에 아약은 당황한 듯했다.

"다른 계약에 관해서는 원칙적으로 깊게 말씀드릴 수 없는 점, 양해부탁드립니다."

"만약 톨킨이 프로도가 됐다면, 그건 특혜가 아니라 고문 같은데요."

죽음의 땅을 지나 모르도르의 화염에 절대반지를 던져라. 반지의 제왕을 보며 저거 나라면 절대 못해, 라는 말을 몇 번이나 했었다. 톨킨이 만약 프로도가 된 거라면,

그 세계는 사우론에 의해 멸망당했을 것 같다.

"물론 작가님마다 주인공의 능력이 달라 불미스러운 일이 발생할 수도 있습니다. 어쩌면 현실세계보다 더 못한 삶을 살다 죽을 수도 있지요. 그래서 두 번째 옵션에는 추가 특전조항이 붙습니다."

"어떤 거죠?"

"말씀드렸다시피 신께서는 세계의 관리에 그다지 흥미가 없으십니다. 따라서 새로 태어난 세계에는 신을 대리할 관리자가 필요합니다. 이 자리는 차원의 주인이라고 불리우며, 신 바로 아랫등위의 서열을 가집니다. 수많은 영웅들이 이 자리에 도전하겠지만, 작가님은 전(前) 저작권자로서 경쟁에 우대됩니다."

"경쟁? 어떤 식의 경쟁인가요."

"세계에 이름을 널리 떨칠 위업을 쌓으면 됩니다. 다른 세계의 경우 위대한 정복자나 위대한 종교지도자가 차원의 주인에 종종 추대되곤 합니다. 혹은."

"절대반지를 용암에 던지거나요."

아약은 빙그레 미소지었다.

"정확합니다."

가만, 위대한 종교지도자라. 왠지 짚이는 게 있는걸.

"혹시 마호메트나 붓다, 예수 중 한 명이 지구의 저작권자인가요?"

"그것 또한 계약에 관한 사항이라 자세히 말씀드릴 수 없는 점, 양해바랍니다."

"쩝."

나는 입맛을 다셨다. 이 세계의 가장 핫한 비밀을 밝힐 수 있었는데, 안 넘어오네.

신세계의 신이 된다. 이건 확실히 매력적인 조건이었다. 게다가 난 작가이지 않는가? 나는 나르바하의 모든 비밀을 속속들이 꿰뚫고 있었다. 꿰뚫고 있는 정도가 아니라, 세상의 무엇 하나 내 머릿속에서 나오지 않은 게 없었다. 이만하면 그 경쟁, 할 만할 터이다.

"참고로 말씀드리면, 이 두 번째 제안이 저희가 드릴 수 있는 마지막 옵션입니다."

"지금 세계로 돌아올 수는 있나요?"

"제안을 받아들일 경우 유빈님의 선택은 즉각적으로 효력을 가집니다. 그때부터는 돌이킬 수 없습니다. 일단 나르바하의 세계에 참여하기로 결정하신다면, 이쪽 세계와의 인연은 모두 끊어질 것입니다. 남겨진 가족은 유빈님의 존재를 잊고, 유빈님을 대체할 만한 행복한 추억을 부여받게 됩니다."

나는 부모님의 얼굴을 떠올렸다. 군대에 간 형의 얼굴도. 모두 값을 따질 수 없을 만큼 소중한 사람들이다.

'어쩐다…….'

가족 vs 자신이 창조한 세계의 신이 될 수 있는 기회.

친구들은 내가 그저 책이나 파는 몽상가라고 생각하지만, 나도 꿈이 있다. 야망도 있다. 어찌 그런 게 없을쏘냐. 하지만 혈연은 나의 꿈과 야망, 모든 것을 합친 것만큼이나 큰 가치였다.

'그래도.'

무려 신이잖아? 나의 망상이 현실화된 세계의 신. 톨킨이 넘어갈 만도 했다. 너무나 매력적인 조건이었다. 나는 머리를 부여잡고 한참을 끙끙댔다. 두 가지 상황을 가상으로 시뮬레이션해보기도 했다. 만약 아약의 제안을 거절하고 이대로 현실로 돌아간다면? 속사정 모르는 부모님께 나는 어제랑 별 다를 게 없는 아들내미겠지. 혹은 첫 번째 제안을 택해 다른 삶을 살아갈 수도 있겠다. 하지만 나는 평생을 후회하며 살아가게 될 것이다. 무슨 일이 있을 때마다 아, 그때 그것을 받아들였더라면…!

만약 제안을 받아들인다면? 그것도 마찬가지다. 일이 잘 안풀리거나 꼬일 때마다 아, 그때 주제넘은 짓 벌이지 말았어야 하는데. 이러면서 가족이 보고 싶다고 찡찡거리겠지. 딜레마였다. 딜레마도 이런 딜레마가 없었다.

수 시간이 흐른 후, 나는 어렵사리 말문을 열었다.

"제……."

"예?"

"제 기억도 바꿔주실 수는 없나요."

행복한 추억으로요. 가족을 버리지 않았다는.

"불가합니다."

아약은 단호했다.

"계약자는 모든 계약이 어떻게 이뤄졌고 그게 어떤 결과를 일궈냈는지 명료하게 자각하고 있어야 합니다. 그게 저희 회사의 룰입니다."

"알겠어요. 어쩔 수 없네요."

나는 숨을 크게 내쉬며 말했다.

"받아들일게요."

나는 눈물을 쫓기 위해 입술을 꽉 깨물었다. 결정은 내려졌다. 콜럼버스는 망망대해를 향해 돛을 올리며 남겨둔 이들을 떠올렸을까, 신천지의 황금을 떠올렸을까.

"계약은 성립되었습니다."

아약이 손을 내밀어왔다. 나는 손을 마주잡고 힘껏 악수를 나눴다.

❖

나는 고개를 돌리고 얕은 숨을 내쉬었다. 간밤에는 기분 좋은 꿈을 꾼 것 같았다. 몸이 나른해서 손가락 하나 까딱하기 싫었다.

나는 누운 채로 눈을 천천히 떴다. 어렴풋한 시야로 허름한 방이 들어왔다. 칠이 벗겨진 벽지 틈으로 달군 벽돌이 흉한 몰골을 보이고 있었다. 언제나 깨곤 하던 아기자기한 그 방이 아니었다.

"헉!"

나는 상체를 벌떡 일으켰다. 그러면서 손을 뻗었는데, 허공을 짚은 바람에 몸이 그대로 바닥으로 굴러 떨어지고 말았다.

"아야야……."

나는 머리를 감싸면서도 사방을 살피는 걸 잊지 않았다. 침대가 너무 작은 게 사고의 원인이었다. 방은 당장에라도 무너져 내릴 듯 허름했고, 책상이라고 있는 건 각목을 기워 붙여 만든 수준이었다.

여기가 어딘지, 이 방이 누구의 것인지는 너무나 잘 알고 있다. 십여 번은 엎었다가 쓴 소설, '나르바하의 여명'의 스타트 포인트다. 바로 주인공 테나단의 방인 것이다.

"하."

비로소 기억이 났다. 계약. 저작권. 신의 사자. 나는 믿을 수 없다는 듯 중얼거렸다.

진짜야? 나 진짜 나르바하로 온 거냐고?

대답해줄 사람은 없었다. 하지만 보이는 모든 것이 증

명하고 있었다.

"하하, 하하하."

나는 넋이 나간 듯 맥없는 웃음을 흘렸다. 이럴 수가. 신의 사자와의 계약은 진짜였다. 나르바하는 진짜로 만들어졌다! 정신 나간 소리 같지만, 이 순간만큼은 모든 걸 내려놓고 기뻐 춤이라도 추고 싶었다.

그런데 웃음소리가 이상했다. 그 이유는 어렵지 않게 알 수 있었다.

'내 소설 속 주인공이 된다고 했겠다.'

백문이 불여일견. 나는 벽에 걸려있는 전신거울 앞으로 갔다.

'이게…… 테나단이라고?'

나는 못이 박힌 듯 서서 거울에 비친 모습을 쳐다보았다.

'신장 167cm, 17세, 단정히 늘어뜨린 은발, 까만 눈동자, 새하얀 피부.'

나는 마음만 먹으면 얼마든지 테나단을 묘사할 수 있었다. 원한다면 하루 종일 읊어줄 수도 있다. 왜 상투적인 표현들 있잖은가. 눈부신 미소년, 초절정 미소년, 재수없는 미소년. 그러나 그 어떤 표현으로도 내 머릿속에 있는 진짜 테나단을 옮겨오진 못했었다. 묘사란 그저 그 사물의 특징 하나를 잡아 가장 비슷하게 표현하는 것일 뿐이니까. 하지만 이건 달랐다.

'이건 진짜다.'

거울에 비친 이 모습은 진짜 테나단이었다. 더 이상 어떤 묘사도, 수식어도 필요 없었다. 그저 눈앞에 담담히 존재할 뿐이었다. 나는 가슴이 벅차올라 할 말을 잃어버렸다.

나르바하로 오길 잘한 것 같다. 어디 주인공 뿐이겠는가. 인물, 사건, 배경. 내가 만들어낸 세계가 나를 기다리고 있다. 이제 방문을 열고 나가면 두 눈으로 똑똑히 볼 수 있을 것이다. 그 생각만으로도 기뻐 웃음을 주체할 수 없었다.

"헤헤."

자, 이제 테나단의 나머지 설정을 확인해볼 차례겠지. 나는 거울을 보며 주먹을 꽉 쥐어 보았다.

'느껴진다.'

엄청난 힘이 근육과 혈관을 가득 메우고 있었다. 도저히 이 가냘픈 몸과는 매칭이 되지 않는 힘이었다. 설정상 테나단이 가진 힘은 '강력한 완력'이란 놈이었는데, 완력은 이 시대에서 무장이 되기 위한 필수조건이었다. 물론 장르가 판타지다보니 물리력이 겉모습에 구애받진 않았다. 주인공은 예쁘게 만들어야겠고, 근육은 붙이기 싫고. 다 그렇고 그런 작가의 비애 아니겠는가.

테나단이 가진 무술의 재능은 동시대 다섯 손가락 안에 들 만큼 대단한 것이었다. 그러나 아직 배운 게 없어 닦여지지 않은 이른바 진흙 속의 진주라는 설정이었다. 나는 힘을 테스트해볼 게 없나 주변을 둘러보다가, 적당히 무거워 보이는 책상을 찾았다. 방치된 책상은 여러 가지 물건이 잡다히 쌓여 탁자라도 불러도 좋을 만큼 난잡했다.

"읏샤."

들어진다. 그것도 가뿐하게! 두 손을 쓸 필요가 있었을까 싶을 만큼 가벼웠다. 나는 책상을 눈높이까지 들어 올리고는 만족스럽게 웃으며 내려놓았다. 이거 저울로 재보면 족히 이삼십 킬로그램은 나갈 텐데.

또 들만한 게 없나 하며 흐뭇하게 방안의 물건을 살펴보는데, 뭔가 이상한 게 눈에 밟힌다. 책상 위에 책이 떡하니 한권 놓여있었던 것이다.

'테나단은 책을 읽고 사는 놈이 아니었는데.'

설마 설정오류인가? 아니면 전화번호부라도 되나. 아니면 판타지판의 야설일 수도 있겠다. 피 끓는 청춘 아니겠어? 나는 호기심에 눈을 반짝이며 책의 제목을 확인해보았다. 글자를 읽는 데는 문제없었다. 이 세계를 살아가는 데 필요한 기본적인 지식은 모두 자연히 습득된 상태였다.

'나르바하의…….'

여명이라고?

나는 눈을 크게 뜨고 책을 바라보았다. 내가 쓴 소설이다. 어찌된 노릇인지 이게 어떻게…… 아니, 이게 여기 있으면 안 되는 거잖아?

불길한 예감이 든다. 나는 책을 펼쳐보았다. 이계의 언어로 쓰여진 문장들이 지면을 가득 메우고 있었다. 나는 못이 박힌 듯 첫 페이지를 붙들고 넘기질 못했다.

– 안녕하십니까, 유빈님. 아약입니다.

서장은 이렇게 시작하고 있었다.

– 놀라셨겠죠. 거듭 놀라게만 해드려 죄송합니다. 이 책은 특전조항에 따라오는 일종의 보너스입니다. 저작권자로서의 우대조항이라고 생각하시면 됩니다.

이 아저씨는 진짜 사람 놀라게 하는 재주가 있다. 나는 가슴을 쓸어내리며 내용을 마저 읽어갔다.

– 개인적으로 그간 작가님들이 꿈을 못다 펼치고 허무하게 죽는 모습이 무척 안타까웠습니다. 아무래도 작가님들이 모험을 동경하다 보니, 계약하는 작품들은 대부분

현실세계와 동떨어진 위험천만한 세상을 묘사하고 있더군요. 유빈님의 소설 나르바하의 여명도 마찬가지죠. 유빈님이 본래 살던 지구와는 비교도 할 수 없을 만큼 잔인한 곳입니다.

이 대목은 좀 찔린다. 하지만 안 그런 작품이 얼마나 있겠어? 장르소설이 다 거기서 거기잖아. 주인공 죽을 위기처하고, 여기저기서 사람은 죽어나가고. 그러다가 으아아아아 누가 죽었어! 이러면서 파워업하는. 소설이니까 그렇게들 굴릴 수 있는 거지, 진짜 내가 한다고 생각했어봐. 위기, 모험 이딴 거 없이 처음부터 끝까지 소파에서 돈 세는 내용으로만 300페이지 채울 자신도 있다. 이파리가 한장, 이파리가 두장…

– 유빈님의 목표는 세계의 신이 될 만큼 충분한 위업을 쌓는 것입니다. 목표에 닿는 방법은 다양합니다. 알렉산더처럼 무자비한 정복자가 될 수도, 붓다나 예수처럼 성인의 길을 걸을 수도 있지요. 그러나 천리길도 한걸음부터라고 했습니다. 위대한 정복자나 성인이 어느날 그냥 만들어지는 것은 아닙니다.

저희는 유빈님의 한 걸음 한 걸음을 존중합니다. 이 세계에서 유빈님이 이뤄내는 모든 성과는 제아무리 사소한 것이라도 점수가 붙습니다. 저희는 그걸 위업점수라고 부릅니다. 이 책은 그렇게 쌓은 위업점수를 올바르게 사용할 수 있도록 가이드라인을 제시해줍니다. 포인트를 차곡차곡 모아 신의 위계에 도전하느냐, 힘들게 모은 포인트를 소비하여 당장의 능력을 개선하느냐, 모든 것은 유빈님의 선택입니다.

그럼 부디 유빈님의 여정에 순풍이 함께하기를 기원하며, 저 아약은 이만 물러나겠습니다. 훗날 모든 목표를 성공적으로 이루시면 다시 만날 날이 있을 겁니다. 재회를 고대하겠습니다, 몸 보중하시길.

G미디어 기획팀장 김치우 배상.

NEO FUSION FANTASY STORY & ADVANTURE

2. 아카이드 개넌

Novelist

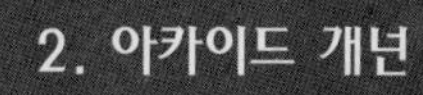

2. 아카이드 개넌

노블리스트

마지막 글자까지 읽자 메시지는 할 임무를 끝냈는지 스르륵 백지로 돌아갔다. 대신 다른 글자가 떠올라 지면을 채웠다.

– 나르바하의 여명 설정집, 김유빈 저.

이거 소설이 아니라 설정집이었네. 하기사 그럴 수밖에 없는 게, 본편은 공식적으로 52편에서 연재 중단되었으니까.

나는 다음 페이지를 펼쳐보았다. 다다음 페이지도, 이윽고는 책 전체를 빠르게 훑어보았다.

'대단하다.'

이 책은 만약 설정집이 출판이 되었다면 어떤 형태이었을까 하는 질문에 가장 완벽히 대응하고 있었다. 설정덕후로서 흥분을 감출 수가 없었다. 국가, 종족, 문화, 자연의 네 가지 대분류가 존재했고, 그에 따른 소분류는 그야말로 세계를 통째로 담아낼 기세였다. 대부분이 내가 정해놨던 그대로였는데, 달라진 것도 있었다. 설정집의 거의 모든 항목에 처음 보는 숫자가 붙어있었다. 예를 들자면 이런 식이었다.

- 로독식 노예검투술

상업국가 로독은 정규군 대신 노예병단을 두어 군을 조직했다. 노예병은 평시에는 콜로세움에서 국민의 오락거리가 되어야 할 의무도 있었는데, 노예검투술은 그런 잔혹한 역사를 바탕으로 만들어진 정교한 실전검술이다.

주로 짧은 검과 방패를 다루며, 한 번에 숨통을 끊기보다는 팔과 다리에 자잘한 상처를 누적시켜 점차 적을 침몰시키는 데 주력하고 있다. 태생이 태생이니만큼 대인전에는 최고의 위력을 발휘하나 집단전에 약한 면모를 보인다.

기술획득에 필요한 점수 : 50

맨 아랫줄이 문제의 대목이었다. 기술획득에 필요한 점수, 오십 점. 이게 바로 아약이 말한 위업점수라는 것 같다. 요컨대 저 점수라는 게 있으면 설정집에 존재하는 무엇이든 배우거나 불러낼 수 있다는 거겠지.

가만, 그렇다면? 나는 페이지를 뒤로 확확 넘겼다. 분류는 종족 - 마족 - 고위마족이었다.

- 열옥의 대제 뤼벨스

72지옥에서 열옥의 층을 관장하는 대악마. 7m의 키에 피부는 벌겋고 이마에는 안으로 휘어진 두 개의 뿔이 돋아있다. 오직 힘만을 숭상하며, 같은 악마라도 모략에 의지하는 놈들을 멸시한다. 죽음을 두려워하지 않는 무시무시한 광전사 부대를 거느리고 있으며, 직접 전선에 나서 적의 피를 보는 걸 좋아한다. 애병은 붉은 빛이 감도는 쌍날도끼 '피의 학살자' 이다.

전용기술 : 열화참, 광신의 포효, 지옥멸살검

처치시 획득하는 점수 : 500000

그래, 이런 거구나. 헛웃음이 나왔다.

'스벌.'

지금도 거울을 보고 있었다면 내 표정이 볼만했을 것이다. 대악마를 쓰러뜨리라고? 설정 조금 안다고 그런 게 되겠냐? 나르바하의 여명은 꽤 리얼계 소설이었다고. 물론 마법도 있고 주인공 버프도 있지만, 적어도 신과 치고받는 소설은 아니었단 말이다.

이건 중대한 미스였다. 형평성의 문제라고나 할까. 따져보면 지구의 선지자들은 위업의 난이도가 그렇게 높지 않았다. 물을 포도주로 만든다거나 죽은 사람을 살리는 정도였지, 어디 산을 쪼개고 들판을 갈아엎고 한 건 아니었잖아. 여기서 포도주 마술 같은 걸 보였다간 지나가는 마법사들이 코웃음을 칠 일이었다.

생각해보자. 마법과 기공술, 마력과 기가 공존하는 이 판타지 세계에서 모든 사람이 인정할 만한 위업을 쌓으려면….

'진짜 내가 마왕이라도 되야 할 판이네.'

야단났다. 내가 그런 일을 할 수 있는 재목이었으면 진즉에 UN 사무총장 정도는 지냈겠다.

하지만 여기서는 가능하지 않을까. 나도 더 이상 예전의 김유빈이 아니니까.

나는 주먹을 꽉 쥐며 다시금 감각을 일깨웠다. 이 힘.

이 힘이야말로 내가 새로 태어났다는 걸 그래, 소설 덕후에 성깔 더럽던 그 놈은 이제 없어. 나는 테나단이다. 나는 무려 소설의 주인공이라고. 암만 굴리든 메치든, 결국 장르소설에서 짱먹는 건 주인공 아니겠어?

나는 내친김에 내 설정도 확인해보기로 했다.

– 테나단

한국의 고등학생 김유빈의 환생체. 나르바하에서는 테나단이란 이름으로 알려져있다. 신장은 167cm, 머리카락은 은색. 니바의 슬럼가 중 한 구역의 두목이다.

보유기술 : 거인의 힘

전용기술 : 없음

위업내역 : 신과 거래하여 나르바하의 세계를 창조하는 데에 일조했다.

획득점수 : 100

누적점수 : 100

'어라라…….'

위업점수가 있다. 그것도 100점이나? 빵점부터 시작할 줄 알았는데, 기대도 않았던 보너스였다.

가만, 아까 로독식 노예검투술이 50점이었던가.

'100점 가지고 뭘 배울 수 있기는 한가?'

나는 설정집의 전투기술 항목으로 이동했다. 이쪽도 세부분류가 많았다. 내가 확인해봐야 할 건 무기술 쪽이었다.

– 욜 왕가 검술, 아누비트 전사대 적전검술, 테마르 궁중검술, 테마르 흑철기병대 마상창술, 샤라스 기마궁술, 샤라칸 마상쌍곡도술, 히란 암살술….

그야말로 끝이 없었다. 입이 다물어지질 않았다. 나는 목록들을 죽 훑어보며 고르는 재미에 하염없이 빠져들었다. 그래, 고르는 재미인 거다. 만약 어떤 기술이 최강이라고 정해져있다면 고를 필요조차 없겠지? 가령 무협이라면 무조건 달마심공 아니겠어. 아닌가? 어쨌거나, 나는 대부분의 고급스킬은 다루는 사람의 힘에 따라 우열이 나뉜다고 정해두었다. 그러니 취향대로 골라보면 되는 것이다.

'아 미치겠네.'

환장하겠다. 뭐 하나 마음에 안 드는 게 없다. 역시 백병전에선 로독의 검투사들이 최강일 텐데. 하지만 어둠 속에서, 그것도 달도 뜨지 않았을 때 히란의 검이 날아온다면? 쟈라칸의 호쾌함도 무시할 수는 없지. 나는 마구 상황을 설정하며 혼자 키득대었다. 진정한 오덕의 모습이었다.

가만, 가만! 무기술을 배운다고 정한 것도 아니잖아. 기왕에 포인트란 걸 받았으니 신중히 결정해야했다. 나는 책상의 잡동사니를 모조리 치우고, 한 번 앉아나 봤을까 싶은 낡은 의자를 가져와 앉았다. 일단 선택 가능한 모든 옵션을 모두 파악해볼 필요가 있었다. 이건 게임이 아니니까 스킬 잘못 찍었다고 다시 키울 수도 없잖아.

생각을 정리하는 데는 한 시간여가 걸렸다. 그 결과 이 세계를 살아가는데 필수여야 할 기술은 다음과 같았다.

1. 승마술 – 5점

왜 중요한지 강조하자면 입만 아픈 기술이다. 자동차가 없는 세상이니까. 한 사람의 전사로서도 놓칠 수 없는 기술이기도 하고. 전장의 꽃은 기병이라잖아? 물론 고작 5점으로 승마술을 마스터할 수는 없다. '기초의' 라던가 '숙련된' 같은 단어로 기술의 레벨이 수식되는 모양이었다. 5점으로 얻을 수 있는 건 '기초의 승마술' 이었다.

2. 반사신경 – 18점

이것도 강조하자면 입만 아프다. 테나단의 고질적인 문

제가 바로 굼뜬 반사신경이거든. 원작에서는 처음부터 끝까지 힘만 센 삼손 같은 녀석이었는데, 이젠 약점을 보완해줄 수 있게 되었다. 18점가지고 획득할 수 있는 수식어는 '괜찮은' 이었다. '괜찮은 반사신경.'

3. 화술 - 25점

소설은 소설이고, 현실은 현실이다. 허구헌날 싸움질만 하며 지낼 수는 없다. 쌈박질이 없을 때 모든 활동이 중심이 되는 게 바로 말빨이라는 거지. 그래서 25점이나 투자했다. 두 번 업그레이드해서 '교묘한 설득력' 을 얻어내야 하거든.

4. 로독 중철병 돌격창술 - 50점

이게 가장 고민을 많이 한 대목이었다. 검술마다 장점이 하나씩 있는지라 고르기가 정말 쉽지 않았다. 나는 고민 끝에 지금의 능력치로 쓰기 가장 적합한 놈으로 정했다. 로독의 중철병들은 강력한 힘을 바탕으로 무거운 갑옷과 거대한 중병기를 다룬다. 테나단과 비슷한 부류의 녀석들이었다.

자, 그러면 총합 98점이다. 결정을 내렸으니 이젠 포인트를 사용하는 방법만 알아내면 되겠는데. 나는 노려보면 뭔가 나오기라도 할 것처럼 책을 뚫어져라 쳐다보았다. 게임판타지에선 이쯤에서 상태창이 딱 떠주던데 말이야. 장르가 판타지라면 포인트 사용은 어떻게 해야하나?

해답은 의외로 가까운 데 있었다. 책 옆에 놓인 깃털펜에 우연히 시선이 갔다. 그러자 어떤 깨달음이 머리를 스쳐가는 게 아닌가.

'이 책은 나 김유빈의 설정집이니까, 내가 메꿔 넣으면 되겠구나.'

지극히 작가다운 방식에 해결책이 있었다. 나는 깃펜을 들어 '보유기술 : 없음' 부분에 두 줄을 찍 그었다. 그리고 잉크를 깊게 찍어 그 아래로 '기초의 승마술', '괜찮은 반사신경', '교묘한 설득력', '로독 중철병 돌격창술'을 하나씩 하나씩 써나갔다.

'됐나?'

보유 포인트 부분의 숫자가 신기루처럼 100에서 2로 바뀌어 있었다. 그러나 숫자를 볼 필요조차 없었다. 언어를 뛰어넘는 감각이 몸에 새로운 깨달음을 부지런히 전달하고 있었다.

"하하."

나는 소리를 내어 웃었다. 됐어. 이거면 나는 신이 된다.

……는 개뿔. 인간들 축에서 강해지긴 했지만, 여전히

뤼벨스에겐 한입거리밖에 안 된다. 기분이 좋았다가도 다시 골머리를 싸맬 일이었다. 어쩌자고 소설에 다 나오지도 않을 대악마를 칠십 두 마리나 만들었다지? 과거로 돌아가 내 멱살이라도 잡고 싶다. 그렇게 히죽거리면서 이거저거 쓰지 말라고.

이것이 바로 설정덕후의 최후인가. 능력 밖의 캐릭터를 풀어놔서 뒷감당 못해 자멸하는 거. 그렇게 스스로를 갈구며 머리 싸매고 있자는데, 누군가 문짝을 부서져라 격하게 두들겼다.

"대장!"

깜짝이야.

"대장, 문 좀 열어요! 아직도 자빠져 자고 있소?"

왔구나. 내 소설의 첫 이벤트다. 문들 두들기는 녀석은 라울이라는 날건달로, 테나단의 오른팔격인 놈이었다.

당연히 올 게 왔긴 왔는데 왜 이렇게 가슴이 두근거린다냐. 소설이 현실화된다는 게 상상 이상으로 자극적이었다.

"흠, 흠."

일단 목소리를 가다듬고.

"뭔데 그래?"

"뭔데 그래라니? 뭔데 그래라아니? 오늘 중요한 만남 있다고 먼저 난리를 쳤던 게 누구였소?"

라울은 문 너머에서 동네 떠나가라 소리를 쳤다. 호들갑 떨만한 일이었다. 원래 대사는 '들어오라 그래.' 였으니까. 나는 옷을 부지런히 입으며 시간을 벌기 위해 물었다.

"도착했대?"

"앞에 와 계시오. 아직 멀었소?"

"다 됐어. 곧 나간다고 해."

"이미 왔다."

문이 벌컥 열리며 남루한 로브를 입은 검은머리 청년이 들어왔다. 청년은 아주 특별한 분위기를 가진 자였다. 차림새로는 어딜 봐도 부랑자였는데, 쳐다보는 것만으로도 목에 칼이 겨눠진 느낌이었다. 마치 잘 벼려진 한 자루의 검 같은 느낌. 나는 물론 그 느낌이 어디서 나오는지 알고 있다.

청년의 뒤를 따라서는 라울이 입장했다. 라울은 워낙 묘사한 그대로라 보자마자 알 수 있었다. 그의 컨셉은 '금발에 장신의 순정만화 스타일, 그러나 구수하고 헐렁한 반전있는 남자' 였다. 나는 라울은 보는둥 마는둥 하고 청년에게서 눈을 돌리지 않았다. 정말이지 대단한 사람이 찾아왔으니까.

여기서 조심스럽게 한 가지 고백을 하자면, 내가 이 주연급 조연들의 이름을 한 유명한 게임에서 따왔다는 것이다. 입이 열 개라도 할 말이 없었다. 이름 짓기가 제일 어려웠다고.

"네가 나바 시의 빈민구역을 통솔하는 자인가."

"맞아."

"생각보다 훨씬 어리군."

청년은 여기가 자기 방이라도 되는 것처럼 태연자약하게 의자를 가져와 앉았다. 나는 테이블을 당겨와 조촐하게나마 회합자리를 만들었다. 라울은 내 뒤에 보디가드라도 되는 것처럼 버티고 섰는데, 만약 무슨 일이 생긴다면 녀석은 도움이 되지 않을 것이다. 녀석은 무술에 소질이 없었다.

"며칠 전 보낸 서신의 대답을 듣겠다."

"통성명부터 하는 게 순서가 아닐까?"

"네 이름은 이미 알고 있다, 테나단. 그리고 내 이름은 의미 없다. 나는 울토르님의 명을 받드는 도구일 뿐이니까."

"내게는 의미 있어. 도구하고는 할 말 없걸랑."

나는 배짱을 부렸다. 진짜 내가 만든 그대로인지, 녀석을 조금 건드려보고 싶었다.

"개넌이다. 됐나?"

"개넌. 반가워. 나는 테나단. 이쪽은 라울."

"반갑수다."

"그래, 이제 얘기를 마저 하지. 쓸데없는 허례에 허비할 시간이 없다."

"당신네 대장의 군대가 도시를 포위하면 성문을 안에서 열어달라는 요청이었지?"

"그렇다. 말해두지만, 울토르님은 은원은 확실하게 정리하시는 분이다. 빚진 건 무슨 일이 있어도 갚고 마는 성미시지. 네가 성문을 제때 열어주기만 하면 정병 몇천 명의 목숨을 아낄 수 있다. 그 값은 결코 싸지 않아."

"구체적으로 뭘 해줄 수 있는데?"

"이곳이 네 집인가?"

"그래."

"한심하군."

개넌은 혀를 차며 안주머니에서 흰 손수건을 꺼냈다.

"받아 둬."

손수건에서 누런 금덩어리가 튀어나왔다. 얼추 오 키로는 넘어 뵈는 금괴였다. 묵묵히 지켜보던 라울의 입이 떡 벌어졌다.

"울토르님의 작은 성의다. 계약금이라 생각해라. 나바시가 함락되기만 하면 이 열배의 재보를 약속하셨다. 덧붙여서, 네가 원한다면 너와 네 부하들을 우리 군에 받아주겠다고도 하신다. 이 경우 네게는 백인장의 지위가 보장된다. 거기서 더 올라가는 건 네가 하기 나름이겠지."

"대장."

라울의 목소리가 떨리고 있었다. 미리 그에게 언질을 해두긴 했지만, 구체적인 이야기는 지금 처음 듣고 있었다. 금괴가 나오는 순간부터 눈알이 돌아가던데 알만했다.

"거절한다는 말만 하지 마시오."

"그게 참모로서의 조언이냐?"

"그렇소. 참모로서의 조언. 그리고 사나이 라울의 조언이기도 하오. 저 금덩어리 하나면! 양 옆구리에 미녀 끼고 남은 여생을 천국에서 살 수도 있소. 그것이 바로 사나이의 로망!"

"네 로망이겠지."

나는 심드렁하게 대꾸했다. 금괴가 좋긴 해. 미녀도 오케이다. 하지만 여기가 어떤 세상이더냐. 힘이 없으면 미녀도 금괴도, 아무것도 지킬 수 없다고. 결정적인 건 내가 이후 스토리 전개를 다 알고 있다는 점이었다.

소설 속의 테나단은 개넌의 제의를 수락했었다. 성문을 열어주었고, 울토르 아래 백인장으로 들어갔다. 그때부터 고생길이 시작된다. 울토르는 근본도 모르는 건달놈을 키워줄 생각 따위 없었거든. 테나단의 부대는 항상 최전선에 배치되었다. 뭐 그렇게 죽을 고비를 넘기며 성장하는 내용이었지만, 나는 그리는 못 살지.

내가 영 탐탁지 않아하니 라울은 애가 타는 모양이었다.

“대장, 아니 형님.”

“나 네 형 아냐.”

“실감이 잘 안 오나본데, 이거 금괴요. 금화 나부랭이가 아니라니까. 가뜩이나 대장은 더러운 일에 손 안 댄다는 주의잖소. 정직하게 벌면 평생 일한다고 이런 거 만져나 보겠소?”

“그렇긴 하지. 그런데 라울아. 이런 말도 있다. 쉽게 들어온 돈은 쉽게 나간다는 거.”

“거 무슨 소리요? 약이라도 드셨소? 갑자기 사람이 생각이란 걸 다 하네.”

“왜? 떫냐?”

“사람이 변하면 죽을 때가 되었다고도 하더이다. 그냥 살던 대로 삽시다. 니바의 미친개란 별명은 국 끓여먹을 거요?”

놈은 조언인지 악담인지 모를 것을 퍼붓고 있었다. 지켜보고 있던 개넌이 조용히 말문을 열었다.

“고민되나 보군.”

“그래. 나도 양심이라는 게 있나보지.”

“고민할 필요 없다. 내가 네 선택을 도와주겠다.”

“어떻게?”

"너희들은 큰 착각을 하고 있다. 한몫 잡을 생각에 사리 분별이 안 되는 것 같은데, 나는 물건이나 팔러 온 잡상인이 아니다. 나는 어지러운 천하를 통일할 영웅 울토르님의 전령 자격으로 왔다. 울토르님께서는 니바의 전략적 가치를 매우 높게 보고 계신다. 조만간 반 명에 달하는 우리의 정예부대가 니바를 빈틈없이 포위할 것이다. 니바는 어차피 함락된다. 이곳의 영주는 무능하고, 도시의 방비태세는 처량한 수준이다. 그때 가서 뒤늦게 살려달라고 하면 들어줄 것 같은가? 머리가 있다면 생각이라는 걸 해봐라. 망하는 도시와 함께 옥쇄할 것인지. 네 목숨과 함께 눈앞의 이득을 취할 것인지."

"그건 거의 협박 같은데."

"마음대로 판단해라. 나는 사실만을 말했을 뿐."

개넌은 할 말 다했다는 듯 건방진 포즈로 팔짱을 꼈다. 태도가 마음에 들진 않지만, 녀석의 말이 구구절절 옳았다. 굳이 라울이 옆에서 추임새를 넣어주지 않아도 잘 알고 있다. 나는 개넌이 가져온 제의가 받아들일 수밖에 없는 상황이 되도록 소설 초반의 설정을 짰으니까.

"대장, 현명하게 보시오."

"알아, 그러려고 노력중이야."

"노력할 게 무에 있소? 그냥 눈 딱 감고 알았다고 하면 되는 거 아뇨?"

"쉬잇."

솔직히 생각할 시간이 더 있었으면 했다. 아약의 제의도 갑작스러웠고, 나르바하로 넘어온 것도 채 한 시간이 안 됐다. 설정을 아는 것만으로는 내가 어떻게 해야 하는지, 미래가 어떻게 흘러갈지 알 수 없었다. 나는 손가락으로 테이블을 톡톡 두드리며 고뇌를 거듭했다.

아아, 미래를 읽는 능력이 있었다면 얼마나 좋을까. 그건 위업점수 몇 점을 주고서라도 익혔을 텐데.

잠깐, 위업점수라고?

불현듯 커다란 깨달음이 머릿속을 환하게 밝혔다. 어쩌면 이건…… 처음부터 고민할 일이 아니었는지도 모르겠다.

"결정했어."

"말해봐."

개넌은 내가 뭐라고 말할지 알고 있다는 태도였다. 놈은 자신의 실패를 터럭만큼도 의심하고 있지 않았다.

"그러니까 이런 얘기잖아. 네 주인이 이 도시를 원해. 사람들에게 네 주인은 침략자에 불과하지만, 명분이야 갖다 붙이기 나름이니까."

"어이, 혓바닥 조심해라."

개넌이 나지막이 경고를 보냈다. 나의 심장은 다른 의미로 뛰고 있었다. 나는 말을 하는 걸 멈추지 않았다.

"내 진짜 생각을 말해줄까? 날 천지분간 못하는 쓰레기라고 알고 있겠지. 그런데 그거 아냐. 네 주인도 마찬가지야. 너도 머리가 있으면 생각이라는 걸 해 봐라. 왜 세상이 이 모양 이 꼴이겠냐? 왜 천하가 어지럽겠냐고? 그게 다 네 주인 같은 도둑놈들이 잘났다며 설치고 있기 때문 아니겠냐?"

"뭣이라!"

그 순간이었다. 개넌이 검을 뽑으려고 했다. 나는 즉시 테이블을 걷어찼다. 테이블은 포탄이라도 되는 것처럼 맹렬하게 날아가 놈의 복부에 박혔다. 개넌은 방의 기물을 왕창 쓸어담으며 구석에 처박혔다.

'저질러버렸다.'

"대, 대장…."

저질러버렸다! 라울은 입을 다물지도 못하고 있었다. 그야말로 순식간의 일이었다. 울토르의 전령을 아작내다니, 그가 받아들이기에는 너무 충격적인 사건이었다. 덧붙이자면 개넌은 평범한 전령도 아니었다. 울토르의 신임을 듬뿍 받아 차기 천인장으로 내정된 전도유망한 장교다. 울토르뿐만 아니라 작가인 내 사랑을 듬뿍 받기도 했다. 녀석에게 무력이며 지력, 잠재력 가리지 않고 능력치를 펑펑 퍼줬었지. 그런 놈을 내 손으로 다치게 할 날이 올 줄은 꿈에도 몰랐다.

"크윽…… 네놈…."

개넌은 비틀거리며 힘겹게 숨을 몰아쉬었다. 나는 벌떡 일어나 녀석의 복부를 걷어찼다. 기습이었기에 망정이지, 놈과 정정당당하게 붙으면 자신 없다. 보낼 수 있을 때 확실하게 보내버려야 했다. 손을 탈탈 털고 돌아서니 날 쳐다보는 라울의 표정이 가관이었다.

"와, 너 표정 진짜 웃긴데."

"……아까부터 대장이 제정신인가 의심이 됐는데, 지금 거의 확신이 드는 단계요."

"미친개라며."

라울은 나를 멀뚱히 바라보더니 오묘한 얼굴이 되었다. 울어야 할지 웃어야 할지 감이 안 오는 듯했다.

"대장은 알가다고 모를 사람이오. 이젠 어쩌겠소? 아니, 어쩔 셈이고 자시고. 이놈 말대로 망할 도시랑 옥쇄하기 전에 금이나 챙겨서 여길 뜹시다."

"라울, 진정하고 내 말 들어."

나는 라울의 어깨를 붙들었다. 녀석은 나보다 키가 훨씬 컸다. 얼추 백팔십은 되었다. 금발에 얼굴도 잘생긴데다 머리도 좋지. 어딜보나 건달 따까리나 할 인물은 아니었다.

그래, 너는 건달 따까리나 할 사람이 아냐. 본래 소설에서였다면 울토르 밑에서 나와 같은 고생을 하며 전략가로

거듭나는데, 미래가 방금 급커브를 틀었거든. 그 루트는 따라갈 수 없게 되었다. 그래도 네가 고생해줘야 하는 건 변함없다.

"이런 말이 있어. 오늘만 보고 사는 놈은 오늘 죽는다."

"지어내지 마쇼."

"방금 들었잖아. 자매품으로 이런 말도 있지. 미래는 대비하는 자의 것이다. 난세야, 라울. 난세라고. 너 머리 좋잖아? 앞으로 세상이 어떻게 돌아갈지 내가 구구절절 말해줘야 해?"

"대장이 언제부터 점쟁이가 됐소?"

"울토르는 시작일 뿐이야. 내가 나요 하는 지방 군벌이 서른 개는 더 생길거야. 국경 너머에서 아인종들이 쳐들어오고, 도적떼가 왕의 깃발을 대신 들어. 나라는 조각조각 쪼개지고, 한 뼘이라도 땅을 더 가지기 위한 끝없는 전쟁이 시작돼. 이 땅이 다시 하나가 될 때까지 계속될 전쟁이지."

"그걸 대장이 어떻게…."

"날 봐."

나는 라울의 어깨를 탈탈 흔들었다.

"날 보라고."

"보고 있소."

"내 눈을 보고말해. 아니라고 할 수 있어? 너도 알고 있잖아. 알지만 할 수 있는 게 없다고 생각해서 포기하고 있을 뿐."

"이거 놓고 말합시다."

라울은 내 손을 뿌리쳤다. 녀석의 힘으로는 어림없는 일이었으나, 나는 순순히 놓아주었다. 놈은 제법 강렬한 눈빛을 내게 보내며 말했다.

"그래, 인정하겠소. 까짓거, 젠장! 에라이!"

놈은 이젠 역정까지 내었다.

"하지만 진짜 낸들 어쩌라고? 난들 그런 거 생각 안해 본 줄 아쇼? 나도 사나이요. 애들 코 묻은 돈이나 세면서 살다가고 싶진 않았소. 나도 보란 듯이 성공하고 싶었다고. 죽은 우리 아버지 묘에다 대고 침이나 뱉어주게 말이오. 그런데 빌어먹을. 아버지를 닮아 힘쓰는 일에는 재능이라곤 없고, 출신이 이 모양이니 학자로도 글러먹었고. 그리고…!"

"그리고 나한테 코가 꿰어서 다른 뾰족한 수도 없었다는 거지?"

"맞소. 대장이 진짜 대장같지가 않네. 간밤에 독심술이라도 배운 거요?"

"걱정 마. 나한테 코 꿰인 대가는 확실히 치러줄 테니까. 울토르만 은원이 확실한 게 아니걸랑. 나도 그래. 넌 내 사람이니까 내가 챙겨준다."

"이 상황을 타개할 방법부터 말해주쇼. 그러면 믿음이 좀 갈 거 같으니까."

"저기 개넌 있잖냐."

"예."

"품을 뒤져봐. 금괴 하나 더 있을 거다."

"정말이오?"

라울은 반신반의하며 개넌의 품을 뒤졌다. 그런데 진짜로 금괴가 하나 더 나오는 게 아닌가.

"귀신이 곡할 노릇이구만. 내 마음은 읽지 말아주쇼."

"감이야 감. 저런 놈일수록 뒤가 구려."

사실은 다르다. 개넌은 공작금을 착복할 놈이 아니었다. 지시받은 대로라면 금괴 두 개를 건네야했지만, 개넌은 나 하나쯤은 카드를 다 쓰지 않고도 다룰 수 있다고 생각했다. 자금을 아낀 걸로 공을 세울 생각이었지. 내가 유빈이 아니라 테나단이었다면 녀석의 노림수는 적중했을 것이다.

"애들 불러다가 저놈 꽁꽁 묶어. 상당한 고수니까 빈틈없이 묶어야 해."

"알겠소."

"그리고 이 금괴를 처분하는 건 네게 맡기마."

나는 설정만 안다 뿐이지, 실제로 이 세계가 어떤 형태일지는 전혀 모르고 있다. 값비싼 재보를 처분하는 건 민감한 일이었다. 라울이 해야 할 일이고, 내가 라울을 그만큼 믿는다는 신뢰의 표시기도 했다.

"어디에 처분하면 되겠소?"

"우리 애들 다 모으면 몇이나 되냐?"

"얼추 오백은 나올 거요. 쓸 만한 놈은 백도 안 되겠지만."

"오백이면 충분하겠네. 금괴 판 돈으로 걔네들 다 무장시켜. 그리고 무장이 완료되는 대로 집합시켜."

"대장, 진짜 저지를 셈이오?"

"그래, 진짜 저지를 셈이다."

"좋소, 나 그럼 대장에게 내 목을 맡기겠소."

"언제는 아니었고?"

라울의 얼굴은 이제는 꽤 봐줄 만하게 좋아졌다. 소설 후반부에 종종 이런 묘사를 했었다. 녀석의 진지한 페이스에 안 넘어갈 여자 없다고.

"아, 그리고. 대장간에 나를 위한 특별한 주문을 넣을 거야."

"어떤 주문이오?"

"이런 거."

나는 종이를 찢어 깃펜으로 그림을 슥슥 그렸다. 재미있는 사실인데, 예술가의 재능은 서로 상통하는 경우가 많았다. 소설가가 그림을 그리고, 음악가가 글을 쓰는 경우다. 내 그림도 어디 가서 잘 그린다 소리 들을 만큼의 실력은 됐다.

"이게 뭐요?"

"앞으로 내 애병이 될 놈."

"장식이 무시무시하구려."

"질 좋은 흑철로 만들어야 해. 사람이 휘두를 수 있을까 싶을 만큼 크고 무겁게."

"알았소. 이대로 주문은 해 보겠소. 이거 대장 무기에만 돈이 꽤나 깨지겠소."

내가 그린 그림은 관우의 청룡언월도였다. 난세 운운하는데서 눈치 챘겠지만, 나는 내 소설의 상당부분을 삼국지에서 모티브를 가져왔다. 니바 시를 압박하는 울토르라는 놈도 장각과 사촌지간은 됐다. 장각이 도술로 재주를 부렸다는데, 마침 녀석도 마법사였다. 그렇다면 나는 관우가 되줄 셈이었다. 만부당의 힘을 타고났고, 중병기의 스페셜리스트라는 돌격창술을 익히고 있으니 관우 코스프레를 위한 요건은 다 갖춘 셈이다.

하나 다른 점이라면, 여기 관우는 장수고 군주고 혼자 다해먹을 관우라는 거.

"우리도 이제는 시간싸움이야. 어서 가 봐. 무기를 대량으로 내갔다는 사실은 입단속 잘 시키고."

"알겠소. 사소한 건 내게 맡겨주시오. 나 사나이 라울,

오늘 이때만을 고대해왔소. 실망시키지 않을 거요."

"그래, 믿는다."

놈의 머리는 나보다 좋았다. 내가 설정하기로는 그랬다. 나는 녀석을 믿기로 했다. 혼자 잘난 맛으로는 한계가 있으니까.

아까 나를 스쳐간 깨달음이 그런 것이었다. 내가 왜 이 세계로 왔던가? 위업, 즉 위대한 업적을 남기는 게 내 지상명제라고. 그렇다면 고민할 게 하등 없었다. 어떤 일이 위대한가? 프락치가 되어 몰래 성벽을 열고 남의 밑에서 백의종군하는 거? 아니면 내 깃발을 내걸고 군웅이 되는 거. 너무 뻔한 질문이잖아.

무엇이 더 위대한가. 나는 앞으로도 이 질문을 가슴 속에 새기기로 했다.

그날 잠을 이루기는 쉽지 않았다. 나르바하에 온 것만으로도 내 영혼은 이루 말할 수 없이 고양되어 있었다. 거기다가 개넌을 때려눕힌 것 하며 앞으로 걸어가야 할 길까지 걱정이 태산이었다.

다음 날, 나는 뒤숭숭한 꿈에 몸부림치다가 문득 눈을 떴다.

'여긴 어디지?'

처음엔 그런 멍청한 생각이 들었다. 나는 떠다니는 먼지를 한동안 멍하니 쳐다보았다. 여긴 왜 내 방이 아닌 건

가. 그런 멍청한 고찰을 이어가다가, 기억이 물밀처럼 되살아났다.

그래, 나르바하!

나는 벌떡 몸을 일으키곤 허겁지겁 옷을 입었다. 그리고는 문을 걷어차듯 열며 거리로 나왔다.

"하……."

따사로운 햇빛이 머리에 쏟아지고 있었다. 미처 수습하지 못한 상의 사이로는 찬바람이 솔찬히 들어왔다.

"하하하."

나는 미친놈처럼 팔을 벌리고 웃었다. 어제는 경황이 없어서 미처 만끽하지 못했다. 봐라, 이게 나의 나르바하다!

그렇게 무드가 있는 풍경은 아니었다. 빈민가의 한가운데니까. 거리는 오물로 뒤덮여 악취가 코를 찔렀고, 옷도 제대로 안 입힌 아이들이 오물 사이를 뛰어다녔다. 포장도 안 된 흙바닥에는 취객이 널브러져 가로수마냥 거리를 장식하고 있었다.

괜찮아. 좋아. 나는 유토피아를 쓰지 않았어. 원래 이런 소설이었다고. 삼국시대로 가서 빈민 복지를 외칠래?

"대장, 일어나셨슴까."

집 문 앞에는 건장한 사내 둘이 경계를 서고 있었다. 사내들은 뻘짓을 하고 있는 내게 허리를 구십도로 숙이며 깍듯이 인사를 해왔다.

"아, 고생들 많어."

나는 손사레를 치며 인사를 받아주었다. 사내들의 눈에는 존경의 빛이 가득했다. 당연하다. 테나단은 열여섯에 길거리를 평정한 전설적인 주먹이니까. 한국에서였다면 어린 나이가 흠이라도 되었겠으나, 이 세계에는 공자나 맹자가 없다. 장유유서고 자시고 잘난 놈이 최고고, 주먹 센 놈이 최고인 거다.

"거기 너. 이름이 뭐냐?"

나는 두 사내 중 덩치가 좀 더 크고 험상궂은 놈에게 물었다.

"가일입니다."

"네가 오늘은 내 개인호위를 하자."

"맡겨만 주십쇼."

녀석은 척 보기에도 이름깨나 날린 건달 같았다. 보스의 개인호위를 하고 있다는 것부터 보통 녀석은 아닐 것이다.

"호위."

"예!"

"내가 평소에 아침으로 뭘 먹더라?"

"그것은……."

가일은 황소처럼 눈을 끔벅이며 뒤통수를 긁었다. 워낙

질문이 뜬금없는 탓이었다.

"보통은 요 아랫골목에 도노반네 여관이나, 저쪽 길 건너 도끼집에서 드셨습니다만."

"그럼 도노반씨 집으로 가자."

"예."

"뭐해? 네가 앞장서야지."

"아, 예."

도노반은 테나단의 구역 내에서 가장 음식을 음식답게 하는 집이었다. 테나단이 갓난아이일 때에 신세를 지기도 했었다. 분명 설정에 그렇게 써두긴 했는데, 내 발로 찾아갈 재주는 없단 말이지.

나는 가일의 안내를 받아 거리를 걸어갔다. 사람들은 나를 보면 인사를 잊지 않았다. 단지 건달패의 두목이어서만은 아니었다. 테나단은 길바닥에 버려진 전쟁고아였다. 거리 사람들의 인정이 없었다면 애초에 부지하지도 못했을 목숨이었다. 소년은 두목 자리에 올라서도 그 은혜를 잊지 않았다. 자릿세를 크게 낮추고, 흉악한 노예상이나 포주를 쫓아내었다. 그래서 라울이 정직하게 돈 벌어 언제 금괴를 만져보겠냐고 나무란 것이다.

"앗!"

호객을 하는 건 도노반씨의 어린 아들이었다. 녀석은 날 보자 다람쥐처럼 달려와 허리를 숙였다.

"어서오세요, 대장님!"

"대장은 무슨. 넌 조직에 들어오지도 않았잖아."

"헤헤, 조금만 더 크면 들어갈 건데요."

"아저씨한테 맞아죽을 소리 말아."

나는 적당히 구석자리로 가서 앉았다. 주문은 간단히 해결했다.

"언제나 먹던 걸로 두 개."

그런 게 있지 않았겠어? 다행히 꼬마놈은 알아들었는지 고개를 주억거리고 주방으로 쪼르르 사라졌다. 나는 사양하는 가일을 한사코 맞은편에 앉혔다.

가게는 아침인데도 제법 북적이고 있었다. 용병들이며 상인들, 모험가라 부르는 치들도 드문드문 보인다. 빈민가라고 거지들만 있을 거라는 건 착각이다. 구획상 도시의 칠십 퍼센트가 내가 말하는 빈민가에 들어가거든.

북적인다는 건 좋은 일이지만, 아직 이 도시가 눈꼽만큼도 위기의식이 없다는 반증이기도 했다. 울토르의 군대가 진군하고 있다는 건 지금 시점에선 나와 라울만 알고 있는 사실이었다. 빠르면 열흘 내로 도시는 무법지대로 변할 것이다.

'이쪽으로 오는 군대가 오천 명이었지.'

개넌이 자기네 군대가 만 명이라고 말했던 건 새빨간 거짓말이었다. 녀석이 뻔뻔하게 허세를 부릴 때는 웃기지도 않았다니까. 내가 그걸 따졌으면 녀석은 눈도 깜빡이지 않고 이렇게 되받아쳤겠지. '본대가 만 명이라는 말이었다, 멍청아.'

울토르는 여기로 향하는 군대를 직접 이끌고 있지 않았다. 그러기에는 할 일이 많은 자였다. 그래도 오천이란 여전히 위협적인, 아니, 치명적인 숫자였다. 놈들은 남부를 전전하며 쉼없이 칼밥을 먹어온 이리떼였다. 무방비한 도시 하나 함락시키는 것쯤은 식후운동삼아 할 수 있는 놈들이다. 내가 한 달 후에도 살아있으려면 비장의 수가 필요했다.

'병력을 단번에 불릴 수는 없으니, 인재를 등용해야 한다.'

나는 삼국지 버금가는 별처럼 많은 인재를 이 땅 전역에 골고루 흩뿌려놨다. 내 눈에 녀석들은 탱글탱글 잘 익은 과실이나 다름없었다. 먼저 따가는 놈이 임자였다. 문제는 인재가 별처럼 많은데, 이놈의 땅덩이도 허벌나게 넓다는 거다.

"주문하신 음식 나왔습니다!"

꼬맹이가 접시를 두 개 들고 왔다. 국수 비슷한 요리였다. 나는 일단 허기를 채우는 데 집중했다. 가일도 꽤 시장했는지 젓가락을 바쁘게 놀리며 면발을 쓸어 담았다.

"후아."

접시를 비우고 나니 배가 든든했다. 도노반씨가 내 양을 특별히 더 얹어준 게 분명했다. 나는 감사의 뜻으로 꼬맹이에게 팁을 두둑이 쥐어주었다.

인재라. 당장 손이 닿는 범위 내로는 기억나는 인재가 없었다. 니바 시는 남부지방에서 가장 번성한 대도시였다. 사람도 많고 돈도 많은데, 딱 하나 아쉬운 게 있다면 무능한 영주였다. 낙하산 인사로 관직을 메우고 허구헌날 파티나 열고 있으니 인재가 남아날 리가 있나. 못난 놈 때문에 나까지 불똥이 튀는 상황이었다.

어디 그런 놈 없을까. 머리 똑똑하고 싸움 잘하고, 의리 좋고, 잘생긴데다가 잠재력도 쩔어주는.

'있네.'

분명히 어제 낮까지는 없었는데, 밤에 갑자기 한 명이 생겼다. 바로 내가 감옥에 처넣은 개넌이었다. 녀석은 혼자 전황을 바꿀 수도 있는 S급 영웅이었다.

빌어먹을, 이렇게 될 줄 알았으면 살살 해주는 건데. 아니지. 살살이 나올 수 없는 상황이긴 했어. 어쩌겠냐. 어쩔 셈이냐. 내 손 안에 들어왔을 때 등용을 해봐야겠는데, 기회라는 게 그렇게 자주 오겠냐?

"가일."

"예."

"다 먹었지?"

“예, 국물 하나 안남겼습니다.”

“그럼 가자. 앞장서.”

“어디로 갑니까?”

“감옥. 어제 한 명이 들어왔을 거야.”

못 먹는 감 찔러나 보자. 옆에 라울이 있었다면 제정신이냐는 소리를 한 번 더 들었을 게 분명했다.

무슨 현대식 설비의 교도소를 기대한 건 아니지만, 우리 조직의 감옥은 생각보다 훨씬 열악했다. 안 쓰는 민가를 개조해서 만든 시설이라는데 냄새가 어찌나 고약한지 차마 발이 떨어지지 않았다. 이런 곳에서 하룻밤을 재웠단 말이지. 얼굴 보자마자 욕이나 안하면 다행이겠군.

“여깁니다.”

가일은 감옥에서 가장 깊숙한 곳에 위치한 방에 나를 안내했다.

“밥은 제대로 줬겠지?”

“예, 라울님이 따로 말씀을 해주셔서.”

역시 이거저거 말 안해도 잘 챙기고 있네. 나는 녀석으로부터 열쇠를 건네받았다.

“가 봐. 무슨 일 있으면 부를 테니까 입구에서 기다려.”

“예.”

나는 횃불을 거치대에 걸고 방문을 열었다. 개넌은 뜻밖에도 이 좁은 감방에서 운동을 하고 있었다. 두 손가락만 짚은 채로 푸쉬업을 하고 있었는데, 땀에 젖은 등근육의 굴곡이 뭣모르는 내가 봐도 대단했다. 무엇보다 손목에 족쇄를 찼는데도 곧잘 움직이는 게 신기했다.

"네놈이냐."

개넌은 의외로 침착한 목소리로 날 맞아주었다.

"화 안 내네."

"충분히 화내고 있다. 방심했던 나 자신을 향한 화일 뿐이지만."

개넌은 몸을 일으키며 어깨를 풀었다.

"얘길 좀 하자."

"우리가 할 말이 남았다고는 생각지 않는다. 아니면 너는 내 입에서 정보라도 캐낼 셈인가?"

"천만에. 널 취조하느니 그 시간에 잠이나 자겠어."

"무슨 뜻이냐?"

"시간낭비라고. 고문 따위로 네 입을 열게 할 수 없다는 것 정도는 알아."

개넌은 미묘한 얼굴로 날 쳐다보았다. '이놈이 무슨 개수작이지?' 라고 말하는 듯했다.

"난 조금 더 건설적이고 비폭력적인 대화를 하려고 왔어, 개넌."

"난 돌려 말하는 걸 좋아하지 않는다."

"너 내 밑으로 들어와라."

도저히 상상할 수 없는 황당무계한 소리를 들었을 때 나오는 표정을 흔히 얼빠진 것 같다고 표현한다. 지금 개넌의 표정이 딱 그랬다.

"못 들은 셈 치겠다."

"잘 들어 놓고는?"

"말이 되지 않는 소리니 못 들었다고 했다. 내가 뭐가 아쉬워서 너 같은 놈 밑으로 들어간단 말이냐?"

"글쎄. 나는 반대로 묻고 싶은데. 네가 뭐가 아쉬워서 울토르 같은 놈 아래에 있지?"

"말조심해라. 나는 몰라도 주군을 모욕하는 건 용서하지 않아."

개넌의 기운이 위협적으로 변했다. 그와 나의 거리는 보폭으로 불과 세 걸음에 지나지 않았다. 아무리 족쇄를 채웠다고 해도 이렇게 가까이서 얽히면 나도 무사하다는 보장이 없었다. 그러나 나는 위축되지 않았다. 녀석은 정말이지 커다란 물고기였다. 대어를 낚으려면 깊은 바다에 찌를 던져야 하는 법.

"주군을 모욕하는 걸 용서하지 않는다고? 하하, 눈물나는 충정이네."

나는 개넌을 노골적으로 비웃었다. 놈의 눈이 돌아가려는 순간이었다. 나는 녀석의 멱살을 콱 붙들었다.

"정신 차려, 자식아! 충신놀이는 집어치우고 현실을 직시하란 말야. 그래, 너 아쉬울 거 없어. 아쉬울 거 없고 잘난 놈이 왜 지금 이 모양 이 꼴인 건데? 네 손에 채워진 족쇄를 보고도 아직 잠꼬대가 나오냐? 팔다리라도 잘라줘야 문제의식이 좀 들겠냐?"

녀석은 갑자기 내가 공격적으로 나오자 어안이 벙벙한 듯했다. 나는 그 틈을 놓치지 않고 몰아붙였다.

"계속 그렇게 지껄여 봐, 주군을 모욕하지 말라고. 너 혼자 충절 지킨다고 변하는 게 있을 것 같아? 네가 그렇게 아까운 놈이었으면 처음부터 이런 시시한 임무에 보내지도 않았어."

소설 속의 개넌은 울토르 휘하에서 천인장까지는 승격하나, 군단장부터는 울토르의 인척이 아니고서는 넘볼 수가 없었다. 개넌은 야망과 충성심의 딜레마 속에서 항상 괴로워했다. 나는 놈의 그러한 말 못할 번민을 정통으로 찌른 것이다.

"네가 뭘 안다고…… 네가 뭘 안다고 떠들어!"

개넌은 내 멱살을 마주잡았다. 숨통이 콱 조여오는 것 같았다.

"너에 대해서라면 충분히 알고 있지, 아카이드 개넌. 너 산적 출신이잖아."

"……나는 산적이 아니다."

"알아. 넌 그런 놈팽이들과 자신이 다르다고 여기지. 시시한 놈들은 아무도 네 생각을 이해하지 못해. 네겐 더 큰 꿈이 있어. 그래서 울토르 밑으로 들어간 거잖아? 그 자라면 다를 줄 알았으니까."

"네가 어떻게 그런 걸…."

개넌은 이맛살을 찌푸렸다.

나는 그를 3인칭 시점으로 서술했던 내용을 읊는 것에 불과했다. 하지만 그것만으로도 녀석을 혼란스럽게 하는 데에는 충분했다.

"왜 모를 거라고 생각하냐? 네 이마에 그렇게 쓰여 있는데. 하지만 아무리 충성해봐라. 그놈 아들로 다시 태어나지 않는 이상 넌 그렇게 썩을 운명이야."

"나는…… 아직 능력을 다 보여주지 못했다. 언젠가는 주군께서도 알아주실 것이다."

"아직도 멍청한 소리 하고 있네. 다른 놈들은 너보다 많이 보여줘서 군단장 됐냐? 전쟁은 장난이 아니야. 모자란 놈한테 군대를 쥐어주는 건 어린아이한테 칼을 들리는 것과 똑같다고. 정박아를 장군으로 앉히고 널 찬밥 대우하는 것만 봐도 울토르란 놈 그릇은 나온 거나 마찬가지야. 나였으면 어땠을지 말해줄까? 내가 울토르였으면 너 여기로 안 보냈어. 내게 일만 병사가 있었다면, 그 지휘관은 너였을 거다."

내 언변은 나조차 놀랄 정도로 박력이 있었다. 이게 화술 스킬에 투자한 덕인 듯싶었다.

"너는 나를 고작 어제 봤다. 네 열의는 이해가 가지 않는군."

"난세야, 개넌. 사람을 판단할 눈은 있어야지. 그런 눈도 없으면서 어떻게 난세의 군웅을 자처하겠나."

"너는 스스로를 군웅이라고 일컫는가? 그러기에는 이뤄둔 것이 너무 보잘것없지 않나?"

"시끄러, 이제 개업했어. 그리고 널 얻는다면 최소한 울토르는 앞섰다 자부할 수 있어."

나는 개넌의 손에 채워진 족쇄를 꽉 쥐었다. 굵기가 손가락 한 마디는 됨직한 강철이 손아귀에서 우득우득 비틀어졌다. 족쇄는 이윽고 뱉어낸 껌처럼 완전히 뒤틀어져서 두 쪽이 났다. 나는 부서진 족쇄를 저만치 던져버렸다.

"영웅은 자신을 알아주는 사람을 위해 목숨을 건다고 했다. 네가 영웅이라면 벽보고 충성을 읊어대지 마. 이 자리에서 선택해. 너를 알아주는 나와 함께하던가, 돌아가서 네 모자란 주인에게 언젠가 눈이 생기길 바라며 살아가던가."

"너는…."

"선택은 네 몫이야. 네가 날 비웃으며 떠난다고 해도 말리지 않겠어."

나는 어깨를 으쓱이며 활짝 열려있는 감옥문을 가리켰

다. 할 말은 다했다. 이젠 그의 선택만 남아 있었다.

개넌은 망설이는 것 같았다. 평소답게 독설이 나오지 않는 걸 보니 확실히 그랬다. 망설이는 것만으로도 내 언변의 승리나 다름없었다. 당당히 독립세력의 지위를 갖춘 울토르군과 나 같은 얼뜨기 사이를 헷갈린다는 건 이미 정상적인 사고가 안 되고 있다는 증거지.

"묻고 싶은 게 있다."

"뭐든지."

"네가 아무리 대단한 포부를 가지고 있더라도, 곧 도착할 우리 군대를 막지 못한다면 망상에 지나지 않는다. 대책이 있나?"

"네 말대로 니바의 영주는 무능해. 그래서 나는 이 도시를 접수할 거야. 도시 수비군을 손에 넣는다면 승산은 충분해."

충분하지 않다. 외려 목숨을 걸어야 할 판이다. 하지만 공수표 한 장쯤은 애교라고 해 두자.

"거리의 건달이 영주가 되겠다고?"

"안 될 게 뭐가 있어? 난세는 힘이 곧 법이잖아."

"하."

개넌은 웃었다. 방금의 웃음은 긍정적인 신호로 해석해도 좋을 것이다. 나는 녀석의 성격을 속속들이 꿰고 있었다. 놈은 무능하고 어리석은 자를 경멸했다. 나도 그 범주라고 생각했기에 첫 만남에서 그렇게나 틱틱댔던 것이다. 놈은 울토르가 오래 담아둘 수 있는 재목이 결코 아니었다.

"마지막으로 하나 더 묻겠다."

"밤을 새도 좋아."

"네가 최종적으로 이루고자 하는 목표는 무엇이냐? 권력인가?"

소설 속의 테나단이 이 질문에 대답할 날이 오는 건 이야기가 중반부는 지날 무렵이었다. 테나단이 독립세력을 만드는 건 최소 4권 가량의 썰을 풀고 난 후의 스토리였다. 개넌을 영입하는 건 거기서부터도 한참 뒤의 일이었고.

이 질문의 대답은 신중히 생각해야했다. 테나단의 답이 아닌 내 답을 들려주고 싶었다.

"새로운 질서."

"질서라고?"

"지금 나라 돌아가는 꼬라지를 봐. 우리나라는 영주의 머릿수만큼 왕이 있는 거나 마찬가지야. 저마다 제멋대로 병사를 모으고, 죄인을 심판하고, 세금을 걷지. 작금의 모든 문제가 약해빠진 왕권에서 나왔다고 해도 과언이 아니야. 이 나라에는 강력한 중앙정권이 필요해. 세습귀족에게 봉토를 몰수하고 하나의 질서 아래 천하를 안정시키는 것. 그게 내 목표야."

"귀족의 반발이 엄청나겠군."

"그러겠지. 싸움에서 진 개는 짖지도 못하겠지만."

나는 역사학도나 사회학자가 아니다. 국사 시험에서 점수를 곧잘 뽑아내던 고딩에 불과했다. 그래서 나는 내 주세를 파악하고 있었다. 민주주의 투사가 되어 봉건사회에 혁명을 가져올 깜냥은 못 되지만, 열심히 능력치 찍어 적들을 다 쳐부수면 왕이 될 수는 있겠다는 생각은 한다.

물론 전제정치에도 허점은 많다. 멍청한 왕이 몇 대를 거듭하다보면 나라가 망하는 것도 한순간이다. 그래서 나라를 통일한 후에는 왕권을 견제할 제도적 장치를 만들어 가야지 싶다.

어떤 장치냐고? 글쎄다. 머리 좋은 놈들이 잘 만들어 주겠지. 고딩한테 뭘 바래?

"어째서 너 같은 자가 아직까지 알려지지 않았나 모르겠군."

"첫 영업 개시라니까? 영광스럽게도 네가 첫 손님이 된 거고."

"그렇군."

"그래서 대답은?"

개넌은 팔짱을 끼고 묵묵히 눈을 감았다. 나는 재촉하지 않고 같이 시간을 흘려보냈다. 개넌은 한참 후에 탄식과 함께 말문을 열었다.

"인정하겠다. 네게는 울토르님에게는 없는 게 있다."

"하지만 신종을 하는 데에는 조건이 있다."

"뭐?"

"난세를 헤쳐 나갈 군웅의 자질이 인재를 알아보는 눈만인 것은 아닐 것이다. 니바를 네 것으로 만들어라. 네가 입만 살아있는 하류잡배가 아니라는 걸 증명해라. 그리한다면 네 제안을 긍정적으로 생각해보겠다."

"그 조건이면 되나?"

"그래."

"나중에 다른 말하기 없기다?"

"그러지."

"좋아, 해보자고."

"내 결정을 내가 믿을 수 없군. 기막히는 일이다."

"후회 안 시킬게."

나는 싱긋 웃었다. 실은 건물이 떠나가도록 소리치고 싶었다. 내가 해냈다! 영웅의 영입에 성공했다고!

체면만 아니었으면 분명 그랬겠지. 나는 개넌에게 손을 내밀었다. 악수하자는 의미였다. 그는 내 손을 물끄러미 쳐다만 보았다.

"개넌?"

"거절한다."

"왜?"

"어설프게 가고 싶지 않다. 모시느냐, 아니면 죽이느냐. 내 길은 둘 뿐이다."

"그런 태도도 좋아."

아쉽게도 꽃잎 같은 건 흩날리지 않았다. 내 마음 속에선 이미 도원결의 뺨을 왕복으로 후려치고 있었지만. 유관장이 별거더냐. 내게는 라울과 개넌이 있다!

나는 감옥을 나오자마자 가일을 불러다가 개넌의 무기를 되찾아주도록 했다. 그의 무기는 질 좋은 흑철로 만든 장검이었는데, 라울이 그걸 청룡언월도를 만드는 데 보태랍시고 대장장이에게 보내버렸다고 한다. 다행히 아직 작업에 들어가기 전이라 무사히 회수할 수 있었다.

검을 찾은 후에는 개넌과 함께 집으로 돌아왔다. 당분간은 내 집이 작전본부였다. 허름해서 당장 쓰러질 것 같긴 해도, 근처 빈민가를 통틀어서는 가장 집다운 집이기도 했다. 나는 문을 열며 큰 소리로 라울을 찾았다. 내 성과를 어서 자랑하고 싶었다.

"라울!"

"대장, 어디 갔다가 이제 오시오? 아까부터 한참…."

개넌을 옆에 끼고 나타나자 라울은 얼마나 당황했는지 마시던 차를 뿜어냈다.

"이게 대체 무슨 조화요?"

“작전을 짜랬더니 브레스를 다 쏘네.”

“아니, 이건 말이 안 되잖소. 대체….”

“정식으로 소개하지. 아카이드 개넌이다. 앞으로 우리 군을 이끌어 줄지도 모르는 인재야.”

라울은 패닉에 빠져 입만 쩍 벌리고 있다가, 내게 귓속말로 속삭였다.

“대장, 솔직히 말해보시오. 어디서 흑마법이라도 익히셨소?”

“내가 마법을 익힐 머리인 거 같던?”

“하긴.”

이놈, 수긍이 너무 빠르잖아!

나는 응징의 뜻으로 라울의 옆구리를 꼬집었다.

“으악! 사람 죽겠소!”

“엄살 피우지 마. 힘조절 했으니까.”

뒤통수에 시선이 느껴진다. 개넌일 것이다. 주군과 신하가 허물없이 장난을 치는 게 이상하다는 거겠지. 어쩌겠냐, 많이 봐둬서 익숙해지라고.

그나저나 장수가 그 개넌에, 참모가 라울이라니. 시작부터 꽤 진용이 갖춰진 것 같다. 보기만 해도 가슴이 흐뭇해졌다. 이 맛에 유비가 삼고초려를 했나?

뭐, 개넌은 아직 김칫국이지만. 상상은 자유 아니겠어.

한 가지 불만이라면 쭉쭉이 미남들 사이에 서 있자니

왠지 내가 작아지는 기분이 든다는 거. 다른 소설 주인공들은 하렘 잘만 만들던데 나는 어쩐지 역하렘을 건설하고 있는 것 같다. 이건 위기의식을 가져야겠다.

"라울, 시킨 건 어떻게 돼가냐?"

나는 의자 하나를 당겨 앉으며 물었다.

"성내의 모든 대장간에 분산해서 주문을 넣었소. 닷새 안으로 물량 조달이 될 것 같소. 대장이 쓸 무기는 장인이란 영감쟁이한테 따로 맡겼는데, 재료 수급이 어려워 한 달은 걸린다고 하오."

"임시로 쓸 무기를 구해둬야겠네."

"그럴 것 같아 전당포에서 하나 싸게 업어왔소. 웬 주정뱅이 용병이 맡기고 간 거라더군."

라울은 엄지손가락 끝으로 방 구석을 가리켰다. 꽤 번듯한 언월도가 벽에 기대져 있었다.

"잘했어. 그밖에 다른 건?"

"영주놈 낯짝 볼 계획을 세우고 있소. 대략 7일 후면 거사를 치룰 수 있을 것 같소."

"영주가 타겟이라고 말한 적은 없는데."

"뻔한 거 아니오?"

나는 입맛을 다셨다. 이놈이 벌써부터 내 생각을 다 앞지르고 있네.

"그리고 우리 애들이 모두 들어갈 만한 장원을 하나 섭

외해뒀소. 우리는 집단전 경험이 너무 없는 게 문제요. 아무 훈련도 없이 정규군과 붙는다면 무조건 깨진다고 봐야지. 당장 오늘부터 빡세게 굴려야 할 것 같은데, 숙련된 조교가 필요하오."

"조교라면 내가 구해볼게."

"그럼 이건 대장에게 맡기는 걸로 하고."

라울은 펜을 들어 뭔가를 부지런히 메모했다. 슬쩍 훔쳐봤는데 알아보기도 힘든 작은 글자가 종이에 빼곡했다. 녀석, 불타오르고 있잖아. 아무래도 내가 스위치를 제대로 올려준 모양이었다.

"개넌, 너희가 여기 도착하는 데까지 며칠이나 걸릴까?"

"열흘 후다. 하루 이틀 더 늦어질 가능성도 있다."

"우리가 활용할만한 이점이 있나?"

"……."

"농담이야, 농담. 인상쓰지 말라고."

"나는 아직 네 사람이 아니다. 그 점을 인지해줬으면 하는군."

"그래도 가서 보고는 잘해주겠지?"

"……연막 정도는 쳐주지."

개넌은 '이게 잘하는 건지 모르겠지만' 이라며 중얼거렸다. 나는 그의 어깨를 두들기며 싱긋 웃어주었다.

"손해 보는 장사가 아니야. 생각해봐. 넌 방금 전까지 족쇄에 채워진 채로 똥통 속에 들어가 있었잖아. 하지만 지금은 두 발로 자유롭게 걷고 있지. 그것만으로도 해볼 만한 가치가 있는 일 아니겠어."

"그렇군. 인정하겠다."

"그럼 가 봐."

"지금 바로 말인가?"

"잡아뒀다 뭐해. 하루라도 빨리 가. 그래야 의심을 안사지."

"사양않도록 하지."

NEO FUSION FANTASY STORY & ADVANTURE

3. 베로니카 산탄젤로

Novelist

3. 베로니카 산탄젤로

노블리스트

개넌은 성큼 걸어가 집을 나갔다. 문이 닫히자마자 라울이 호들갑을 떨었다.

“대장, 진심이오?”

“그럼 농담일까.”

“저 놈은 우리 패거리도 아니었잖소. 하루 본 사람을 너무 과신하는 거 같소.”

“걱정일랑 붙들어 두시라. 사람 쓰는 건 나만 믿고 가면 돼.”

“대장이야 내가 믿지만…… 하여간 방심하진 마시오. 내 경험상 허우대 멀쩡하고 잘생긴 놈일수록 남 뒤통수치는 인간이 많더라고.”

이놈이 본인 디스를 참신하게 하네.

“그럼 나는 개넌씨는 우리 편이라고 가정하고 작전 짭니다? 나중에 딴말하기 없기요?”

“그래, 잘해봐.”

“그리고 조교건은 서둘러 주시오. 애들 상태가 좋지 않소. 칼도 거꾸로 쥐는 놈이 있을 지경이오.”

건달의 전투력이란 농민보다 약간 높은 수준으로, 이 세계에서는 약자에 분류되었다. 진짜 센 놈들은 전사가 된다. 내 휘하 오백 명의 졸개 중 스스로 전사라 자부할 수 있는 놈은 많이 잡아도 열 손가락 안에 꼽았다.

나는 집을 나와 가일부터 찾았다. 녀석은 말이 통하는 것 같아서 마음이 편했다. 열 손가락 안에 꼽는다는 놈들 중 하나가 이 녀석이기도 할 것이다. 아무나 보스의 경비를 시키진 않을 테니까.

“가일.”

“부르셨습니까.”

“쓸만한 사람을 구하려면 어디로 가야할까?”

“애들 중에서 말입니까?”

“소속을 불문하고 강한 놈이 필요해. 진짜로 강한 놈 말이야.”

“칼 쓰는 일이라면 저희들도 빠지지 않습니다.”

“이해를 못했구나.”

"예?"

나는 고개를 뒤로 젖히며 몸을 풀었다. 녀석은 내가 무슨 일을 저지를지 짐작도 안가는 눈치였다. 나는 팔을 당긴 다음, 벽에다 주먹을 힘차게 내리꽂았다.

"어엇!"

모래를 구워 만든 벽돌벽이었다. 재질이 모래일지라도, 콘크리트화된 돌은 사람이 어쩔 수 있는 강도가 결코 아니었다. 그러나 내 힘은 인간의 상식을 아득히 초월하고 있었다. 오직 순수한 힘만으로 벽에 바람구멍을 뚫어버린 것이다. 가일은 큼지막한 눈을 끔뻑거리며 주먹과 구멍난 벽을 번갈아 쳐다보았다.

"입 다물어. 파리 들어가겠다."

"뭐야?"

안에서 라울이 튀어나왔다. 집이 주춧돌째로 흔들렸으니 안 튀어나올 수가 없었다. 나는 녀석에게 손사래를 쳤다.

"별 거 아냐, 하던 일 해."

"별 거 아니라니? 이게 시방 뭐요? 벽에 구멍이 났지 않소?"

"통풍도 잘 안됐는데 잘 됐지 뭐."

나는 뻔뻔한 표정으로 어깨를 으쓱여보였다. 라울은 골이 아픈지 이마를 짚었다. 절레절레 고개를 저으며 들어가는 게 이제는 내 기행에 초탈해버린 듯했다.

"가일."

"예!"

"이 구멍 봤지?"

"예!"

"최소한 내 일격을 막을 수 있는 놈을 원해. 그런 놈이 있어?"

어중이떠중이는 필요 없다. 당장 병력을 불릴 수 없으니 병력의 질적 개선을 노려야했다.

"있습니다."

"있다고?"

"대장님의 공격을 막을 수 있는 사람인지는 확신할 수는 없지만, 강한 자라면 알고 있습니다."

"누구지?"

큰 기대는 하지 않는다. 이 도시에 쓸만한 인재가 없다는 건 이미 알고 있으니까.

"얼마 전에 옆 구역 도박장에서 난동이 벌어졌었습니다. 사기꾼이 많은 곳이라 난동이야 종종 벌어집니다만, 그때는 좀 특별했습니다. 사기꾼뿐만 아니라 도박장의 주먹들, 그리고 지원을 나간 구역의 식구들까지 다 얻어터졌다고 합니다. 여자가 어찌나 난폭한지 두 발로 걸어다니는 건 모조리 때려눕혀버렸다고 하더군요."

"여자라고?"

"예. 그 난리를 피우고는 도박장에 불을 질러버렸다고 합니다. 아주 제대로 미친 여자죠."

"가만…!"

싸움꾼에 방화광, 그리고 여자라면 떠오르는 인물이 있었다. 베로니카 산탄젤로. 분명 그런 이름이었다. 나는 저도 모르게 큰 소리로 물었다.

"그 여자! 이름이 베로니카 맞아?"

"아, 예. 아는 년입니까?"

"잘 알지."

세 번째 영웅이다. 나는 흥분을 감추지 못하고 주먹을 꽉 쥐었다.

나는 니바 시에 영웅이 더 없다고 단정했었다. 틀린 말은 아니었다. 최소한 내가 위치를 파악하고 있는 자들은 니바에 없었다. 하지만 떠돌이라면 얘기가 다르다. 베로니카도 각지를 떠돌아다녀 소재지를 특정하기 어려운 자였다.

그녀는 밥 먹는 것보다 불구경을 좋아하는 여자였다. 구경하는 것보다는 지르는 걸 좋아했고, 지르는 것보다는 싸우는 걸 좋아했다. 성격이 불같은 만큼 능력 하나는 확실했다. 불의 정령술사인 동시에 경지에 오른 전사라는 설정이었다. 본편 소설에서는 내 적에게 등용되어 날 상당히 귀찮게 만들기도 했다. 나는 가슴에 품은 설정집을 꺼냈다. 정말 그녀가 이 도시에 있다면 무슨 수를 써서라도 손에 넣어야했다.

– 베로니카 산탄젤로

베로니카는 본디 마도자치령 에센가드에서 병기로 길러지던 노예다. 붉은 머리카락과 아름다운 외모, 그리고 타고난 마법에의 재능으로 주인의 총애를 받았다. 16세가 되던 날, 그녀는 섬기던 마법사를 때려죽이고 마법사의 거처를 불살라버렸다. 거대한 불길이 에센가드의 하늘에 닿았을 때, 그녀는 불의 정령과 계약을 맺어 그곳을 빠져나왔다. 이후 에센가드의 추적을 받으며 '홍염의 베로니카'라는 무명을 얻게 된다.

162cm, 적발, 좋아하는 것은 싸움과 불, 싫어하는 것은 남자, 그리고 마법사.

전용기술 : 화염작렬, 발화, 화염의 고리
처치시 획득하는 점수 : 200

"어라."

처치시 획득하는 점수가 붙어있다. 그것도 200점이나?

확인해보니 다른 영웅급 인물들도 마찬가지였다. 어디보자. 라울은 50점, 그리고 개넌은 220점이로군. 200점이면 상당한 하이스코어다. 내가 그녀를 영입하지 않고 죽인다 하더라도 손해는 안 볼 점수였다.

"그 여자, 지금 어디 있지?"

물론 난 죽이지 않을 것이다. 거들 손 하나가 아쉬울 때였다.

"도노반네 여관입니다."

"뭐? 아까 갔던 곳 아냐?"

"맞습니다. 무슨 짓을 할지 몰라 라울님이 애들을 몇 명 붙여 감시하게 했다고 알고 있습니다."

운명의 장난인가. 날 그토록 고생시켰던 여자가 엎어지면 코 닿을 곳에 있다니. 더군다나 지금 그녀와 나는 아무런 은원관계도 없다.

그녀는 남자를 싫어했다. 때문에 본편에서는 여성 군주인 니브나 아래에서 활약하게 된다. 역사를 바꾸려면 내게 그녀의 남성혐오증을 넘어설만한 메리트가 있어야했다.

"가일, 넌 따라오지 마."

"예."

길이 어렵진 않으니 혼자서도 찾아갈 수 있을 것이다. 그렇다면 가급적 남자를 적게 데려가는 게 좋겠지.

걸으면서 나는 끊임없이 그녀에게 할 말을 생각했다. 개넌을 설득하는 건 생각보다 쉬웠다. 그는 내가 아니었어도 주군에게 환멸을 느끼고 있던 참이었으니까. 하지만 베로니카는 쉽지 않은 상대일 것 같다. 무투파인데다가 단순무식이지만, 그녀의 남자혐오증에는 이유가 있었다.

도노반씨의 여관에 도착했을 때는 먼젓번과 분위기가 사뭇 달랐다. 호객을 하던 꼬맹이는 간데없고 병사들이 가게 입구를 점거하고 있었다.

'무슨 일이지?'

나는 사고가 터졌음을 직감했다. 병사들의 무장상태가 너무 좋았다. 자경단 나부랭이가 아니라 정규군이 틀림없었다.

"누구냐?"

병사들은 당장 칼부림이라도 할 듯한 기세로 앞을 가로막았다. 나는 멈춰서서 주변을 살펴보았다. 행인들은 불똥이라도 튈까봐 저만치 멀리 피해가고 있었다. 어깨 너머로 식당 안을 흘긋 보았는데, 가게 안엔 파리만 날리고 있었다.

"나 몰라?"

우선 강하게 나간다. 테나단은 어떤 상황에서도 깡다구를 잃지 않는 캐릭터였다. 나는 테나단이 좋았다. 유빈보다도 더.

"니가 누군데? 우리가 너 같은 꼬맹이를 일일이 알아 모셔야 하냐?"

"잠깐만. 당신 혹시…."

한 명이 알아보는 눈치였다.

"미친개?"

"뭐? 이 꼬맹이가?"

"쉿! 말조심해, 이사람아."

병사는 동료의 옆구리를 창대로 힘껏 찔렀다.

"당신이 여긴 어쩐 일이시오?"

"어쩐 일이긴. 여기가 밥집이니까 밥 먹으러 왔지. 그러는 너희들은 어쩐 일로 대낮부터 남의 장사를 훼방놓고 있냐?"

"우리는 영주님의 가신인 제파로스님을 호위해 왔소."

"그 제파로스란 놈은 왜 왔는데?"

"그것까진 모르오. 웬 위험한 여자를 만나러 왔다는 말밖에는 들은 게 없소."

위험한 여자란 베로니카일 것이다. 제파로스는 기억상으로 설정집 지분이 한 줄밖에 안 되는 엑스트라였다. 뭐라고 썼었더라. 영주의 친척이라고 했었던가? 하여간 좋은 말은 아니었을 것 같다. 이 도시가 이런 꼬라지가 된 데 일조한 사람일 테니까.

"그래서 들어가도 돼?"

"그, 그건 곤란하오. 의원님께서는 중요한 면담중이시라…."

"뻣뻣하게 나온다 이거지. 별 수 없네."

나는 손을 들어 박수를 한 번 쳤다. 동시에 거리의 곳곳에서 예닐곱 명의 사람들이 무기를 꺼내며 호응했다. 라울이 심어놨다던 망꾼들이었다.

"이, 이러지 마시오! 우리는 명령을 받들 뿐이오. 아무리 당신이라고 해도 영주님의 가신을 건드리면 성치 못할 거요!"

"내 걱정은 나중에 해도 돼. 지금은 너희들이 성치 못할 걱정부터 해야겠는데."

나는 어깨를 으쓱이며 사악하게 이죽였다. 그야말로 악당 보스가 따로 없었다. 아니지, 악당 보스 맞구나. 병사들은 혼비백산해서 표정을 수습하지 못하고 있었다. 나에 대해 들은 소문이 한두 가지가 아닐 것이다. 그런 소문이 또 곧잘 부풀려지기 마련이다보니, 날 쳐다보는 눈빛이 이미 사람 보는 눈빛이 아니었다.

"저, 정말 밥만 먹으러 왔소?"

"그렇다니까."

"그럼…… 들어가시오."

"걱정 마. 여차해서 짤리면 내가 받아줄 테니까."

진심이었다. 삼촌뻘 되는 아저씨들을 협박하는 취미는 없다고. 나는 망꾼들에게 다시 원래 위치로 돌아가라고 신호를 보냈다. 그리고 보초 사이를 당당히 걸어가 여관에 입장했다.

여관 안은 그야말로 가관이었다. 내부 인테리어가 반나절만에 싹 갈아엎어져 있었다. 테이블이 몽땅 구석으로 빠졌고, 황당하게도 여관 마루 한가운데 소파를 갖다놓았다.

높으신 분이 납셨다 이거구만. 귀족이니 왕족이니. 이 예의도 모르는 족속들은 진짜 걸어 다니는 민폐덩어리라니까.

제파로스가 누군지 알아보는 건 어렵지 않았다. 완고해 보이는 귀족 남성이 다섯 명의 병사들에게 둘러싸여 앉아 있었다. 사이즈가 옆으로 어찌나 충실하신지 두 칸짜리 소파가 꽉 찬 느낌이었다. 내 목표는 저 탐욕적인 돼지의 맞은편에 앉은 소녀였다. 저 애가 바로…

'베로니카.'

그녀가 틀림없었다. 베로니카 산탄젤로. 그녀는 단번에 나의 눈길을 사로잡았다. 입고 있는 가죽 갑옷, 눈동자, 입술까지 그녀의 무엇 하나 붉지 않은 게 없었다. 그녀는 이 칙칙한 무채색의 건물에서 혼자만 다른 해상도를 가진 것 같았다.

분위기는 썩 좋지 않았다. 건물 안의 누구도 내가 들어온 걸 신경쓰지 않고 있었다. 제파로스가 삿대질을 하며 소리쳤다.

"지금 고집 부릴 때가 아니라는데 이해가 되지 않나?"

"내가 고집을 피운다고?"

"에센가드에서 협조공문이 왔다고 하지 않았나? 그 미치광이 마법사들에게 잡힌다면 어떤 꼴을 당할지는 말하지 않아도 잘 알고 있을 터."

"그래서?"

"그래서라니? 그래서 도움이 필요하다는 얘기 아닌가. 우리가 잘 무마시켜 주겠다고. 우리의 영주님께서는 명망 있는 로젠트 가문의 후손이시다. 그분의 연줄을 이용하면 너 하나쯤 자유롭게 해주는 건 일도 아니지."

"그래서?"

"자유다! 몇 번을 말해줘야 하나? 네 자유를 얻어내는 대신 영주님께 충성해라. 그것만이 네가 살길이다."

"그래서?"

"이…!"

베로니카가 따박따박 반문하자 제파로스는 뚜껑이 열리기 직전인 것 같았다. 그녀는 콧김만 뿜는 그를 재밌다는 듯 쳐다보다가, 늘씬한 다리를 협탁 위에 올리며 말했다.

"그래서 아까부터 너는 무슨 말을 하고 싶은 거냐. 설마 하니 나 베로니카 산탄젤로가 감당 못할 적이라도 있다는 뜻이냐?"

"뭐?"

제파로스는 그녀의 터무니없는 자신감에 할 말을 잃어버린 것 같았다. 나도 마찬가지였다. 실웃음이 다 나왔다. 역시 내가 만든 그대로랄까.

"그리고 건방진 남자야. 너는 마치 내가 너희 남자놈들에게 고개를 조아려야 자유로워질 수 있다는 것처럼 말하는구나. 똑똑히 들어라. 나는 오래 전에 나의 자유를 스스로 얻어내었다. 그것을 부정하는 놈이 있다면 누구도 예외 없이 불로 태워버리겠다."

주변의 공기가 뜨거워졌다. 그들과 십 미터 이상 떨어져 있는 내게도 느껴졌다. 열기로 인해 공기가 아지랑이가 피어오르듯 이그러지고 있었다. 그녀는 강력하기 짝이 없는 불의 정령술사였다. 마음만 먹으면 이까짓 여관쯤 순식간에 잿더미로 만들 수도 있을 것이다.

"경거망동하지 마시오."

다섯 명의 병사들은 언제라도 뽑을 수 있도록 검집에 손을 가져갔다. 그러나 그들이 정령술사를 상대로 무얼 할 수 있다는 말인가? 다섯 명이 아니라 백 명이 덤빈다고 해도, 원소를 벨 수 있는 경지의 검사가 아니라면 결과는 똑같을 것이다.

이쯤에서 나는 제파로스의 다음 반응이 궁금해졌다. 자존심은 있겠고, 정령술사는 무섭겠지. 자, 탐관오리 씨. 다음 행동은요?

"그 입 다물어라!"

제파로스는 탁자를 쾅 치며 일어섰다.

"근본도 모를 년이 마법 좀 다룰 줄 안다고 아주 기고만장했구나! 내가 몸소 와주니 보이는 게 없더냐? 너 정도 실력자는 로젠트 가문에 발이 채일 정도로 많아! 네 주제를 알아라. 영주께서 어여삐 여겨 기회를 줬기에 망정이지, 아니었으면 에센가드의 노예나 되었을 계집이…!"

그는 말을 끝마치지 못했다. 찰나의 순간이었다. 소름 끼칠 만큼 냉혹한 기운이 그녀의 붉은 눈동자에 깃들었다. 나는 발을 들어 바닥을 있는 힘껏 내리찍었다.

"으앗!"

"뭐, 뭐야!"

톱밥과 연기가 폭탄을 터뜨린 듯 튀어올랐다. 병사들은 균형을 잃고 쓰러졌고, 제파로스는 얼굴부터 바닥에 넘어지고 말았다.

"의원님, 괜찮으십니까?"

"이게 대체 뭐냐? 무슨 일이냐?"

제파로스는 먼지를 뒤집어쓴 채 꽥꽥 소리를 질러댔다.

물에 빠져도 입만 동동 뜰 인간이 있다더니, 바로 이 작자를 두고 하는 말 같았다. 그는 부축을 받아 간신히 몸을 일으키고는, 나와 베로니카를 번갈아 쳐다보았다. 이곳에서 멀쩡한 사람이라고는 오직 나와 그녀뿐이었으니 범인을 맞추는 건 그리 어렵지 않을 것이다.

"넌 누구냐? 누구기에 대체…."

제파로스는 떨리는 손으로 나를 가리켰다. 반경 오 미터 안의 마룻바닥이 모조리 꺾여져 위를 향해 흉한 몰골을 드러내고 있었다. 마치 활짝 열린 갈비뼈를 보는 것 같았다. 도저히 인간의 것이라고는 볼 수 없는 힘이었다.

"난 나야. 네가 알 필요 없는 사람."

"내게 원한이 있는 자인가? 아니면 이 여자와 용무가 있는 건가?"

"진정해, 걱정했다고. 옆에서 죽 구경하고 있었는데, 난 당신이 완전히 돌아버린 줄 알았다니까? 고작 다섯 명의 전사를 믿고 불의 정령술사한테 개기다니 말이야."

"나, 나는 니바시의 상임위원이다. 영주님의 가까운 친척이기도 하고, 라울러 가문의 가주이기도 하다. 그리고…."

"그딴 건 관심없어. 당신은 방금 내게 목숨 하나 빚졌어. 그것만 기억하면 돼."

내가 일초라도 늦게 나섰다면 인간 통구이가 무슨 냄새

를 내는지 알 수 있었겠지.

베로니카는 소파에서 천천히 몸을 일으켰다. 나를 째려보는 눈이 곱지 않았다. 먹잇감을 가로챘다는 건가?

"넌 그들이 아니군."

그녀가 내게 말을 걸어왔다. 가슴이 뛰었다. 그래서 대답이 한 템포 늦고 말았다.

"그들이라니?"

"하아."

그녀는 고개를 위로 빼고 한숨을 내쉬었다. 그 순간 발밑에서부터 그녀의 몸 전체가 불길로 변하기 시작했다.

"잠깐, 베로니카! 네게 말할 게 있어!"

"나는 너 같은 꼬마한테 볼 일 없다."

말릴 틈도 없었다. 그녀의 몸 전체가 한 줄기의 불꽃으로 변해 창문으로 사라져버렸다. 나는 닭 쫓던 개처럼 그녀가 서 있던 자리만 바라보았다.

"망할."

그래도 말은 붙여봤어야 하는데.

나는 고개를 절레절레 내젓다가, 계산대 구석에서 머리만 쏙 내놓은 늙수구레한 아저씨를 발견했다.

"도노반씨?"

그는 겁에 질린 눈치로 머리만 끄덕거렸다. 그의 시선이 마룻바닥을 작살낸 내 발에 꽂혀있음은 두말할 것도 없었다.

"아하하."

"……."

"미안하게 됐네요. 이거 제 앞으로 달아놓으세요."

나는 즉시 여관을 뛰쳐나와 라울을 찾아갔다. 이대로 그녀를 포기할 수 없었다. 꼬셔보겠다고 결심했을 때는 이 정돈 아니었는데, 막상 직접 만나고 나니 사람 욕심이 생겨버렸다. 그녀는 뭐랄까…… 매력적이었다. 단지 외모만의 이야기가 아니었다. 나는 베로니카라는 사람 자체에 꽂혀버렸다.

돌아오는 걸음은 가벼웠다. 흥분이 쉽게 가라앉지 않았다. 길가에 피어있는 들풀 한 포기가 남 같지 않았고, 떠다니는 구름도 내게 할 말이 있을 것 같았다.

이제는 알겠다. 톨킨이 아라곤이 됐는지 프로도가 됐는지는 중요하지 않았어. 내가 만든 세계와 호흡하며, 내가 만든 인물들과 어깨를 나란히 한다. 그는 누가 됐건 웃을 수 있었을 것이다. 설령 그 선택이 그를 죽음으로 인도하였다 할지라도.

"라울!"

나는 대문을 걷어차며 집안으로 성큼 걸어갔다. 당연히 책이나 들여다보고 있을 줄 알았던 녀석은 뜻밖에도 앞치마를 두른 채였다.

"너 뭐하냐?"

"보면 모르오?"

"아니, 요리라는 건 알겠는데……."

내 설정집에 네 취미나 특기를 요리라고 써둔 적은 없었는데 말이지.

"뭐요? 그 요상한 시선은."

"그거 먹을 수 있는 거냐?"

"지금껏 얻어먹은 거나 뱉어내고 물어보시오."

아, 그랬구나. 녀석이 날 먹여 살렸다는 거군.

라울이 딱히 요리의 대가라고 설정한 적은 없으나, 테나단이 요리를 못한다는 건 확실했다. 테나단은 거인의 힘을 타고난 대신 정밀함이 부족했다. 요리 같은 걸 하려 나섰다간 냄비며 국자가 온전치 못할 걱정부터 해야 할 판이었다.

그나저나 이 녀석, 앞치마가 썩 어울린다. 의외로 주부 체질일지도.

"갔던 일은 어떻게 됐소? 이렇게 일찍 돌아올 줄은 몰랐는데."

"잘 안되긴 했지만, 나름대로 수확이 있었어."

나는 라울에게 베로니카와 있었던 일을 가능한 한 사실에 가깝게 재구성해 설명했다. 약 십 분간의 브리핑이 끝나자, 녀석은 다짜고짜 한숨부터 토해내었다.

"대장, 울토르의 백인장도 모자라 이제는 에센가드가 쫓는 범죄자요?"

"내 설명은 귓등으로 들었냐."

"그 여자가 유능하다는 건 알겠는데, 사람을 믿고 가야 하는 일이잖소. 나는 솔직히 개넌이란 자도 탐탁지 않소."

"그래서 방법은?"

"맨입으로 말이오?"

"설거지 할게."

"무르기 없소."

주부 체질이라고 했던 거 취소해야겠다. 이 녀석, 완전히 악당 체질이다.

"대장이 원하는 게 그 여자를 다시 만나는 것뿐이라면, 방법 자체는 간단하오."

"말해봐."

"생각해보시오. 그 여자가 지금 에센가드 놈들한테 쫓기는 신세 아니오? 그렇다면 목숨이 열 개라도 모자란 상황이잖소."

"그렇지."

일찍이 테마르의 역사에 불멸의 경지에 오른 대마법사가 일곱 명이 있었다. 국가는 그들을 통제할 수 없었고, 그렇다고 적대할 수도 없었다. 그래서 나온 게 '마도자치령 에센가드'였다. 땅을 떼어줄 테니 서로 간섭하지 말자는 일종의 회유책인 셈이다.

결과적으로 그들의 안일한 발상은 이 나라를 파국으로 이끌고 말았다. 마법사란 결코 자유로워져선 안 되는 족속들이었다. 그들의 지식욕에는 생명을 향한 경외심도, 신을 향한 경건함도 없었다. 노예란 그 저주받은 땅이 낳은 숱한 비극 중 하나에 불과했다.

"그런데 그 여자는 그 미친놈들한테 쫓기면서도 대낮에 도박장에 나타나 행패를 부리고 사람들을 때려눕혔단 거요. 쫓기는 사람치고는 너무 눈에 튀는 행동이지. 나는 거기에 이유가 있다고 믿소."

"일부러 도발을 했다는 건가?"

"그렇소. 성격이나 능력 무엇으로 보나 얌전히 사냥감이 될 여자가 아니오. 나 여기 있으니 한판 붙자는 메시지였겠지. 대장에게 확인했던 것도 그것이었을 거요. 상대의 의도를 읽었다면 그 다음부터는 간단하오. 그녀가 원하는 게 추적자이니, 우리는 그 추적자를 갖다 주면 되지 않겠소."

"어떻게? 가서 에센가드 놈이라도 잡아와야 하나?"

"아니오."

라울은 스푼으로 후루룩 간을 보며 비장하게 말했다.

"우리가 추적자가 되는 거요."

라울의 작전은 간단했다. 그가 부하들을 풀어 어떤 방

법으로 베로니카를 도발하면, 나는 정해진 장소에서 그녀가 나타나는 걸 기다리기만 하면 된다는 것이다. 정해진 장소란 빈민가 외곽의 제법 넓은 폐건물이었다. 그날부터 내 일과는 아무도 없는 건물에 나와 시간을 때우는 것이 되었다.

그냥 죽치고 있기는 심심해서, 나는 라울에게 역사서 몇 권을 빌려와 정독을 시작했다. 나르바하의 모든 것이 내가 짜낸 것이긴 하지만, 달랑 설정집만 가지고는 수박 겉만 핥는 꼴이었다. 나는 좀 더 이 세계를 이해할 필요가 있었다.

'초대 건국왕 율칸 1세는 다섯 명의 비를 맞아 열두 명의 손을 보았다. 적멸의 전사 라신이 첫째요, '세 개의 지팡이' 에를이 둘째이며….'

이곳의 역사서란 왕족의 연대기를 나열한데 지나지 않았다. 잘난 부모 누구누구한테서 잘난 놈 누구누구가 나왔고, 이쁜 여자랑 결혼해서 이러저러쿵했다. 한문장으로도 요약할 수 있는 걸 삼백 페이지 사백 페이지 늘어놓기만 하니 재미로 볼만한 건 아니라고 하겠다.

그러나 이 전화번호부와 자웅을 겨룰만한 책들이 내게는 재밌었다는 게 함정이다. 나는 심지어 낄낄거리기까지 하며 책장을 넘겼다. 라울이 봤다면 미쳤냐는 말이 절로 나왔겠지만, 여기 작가들 이름 좀 봐라. '존경받는 대수도 원장' 이라던가, '왕립학술원 원장' 이라던가. 하나같이 내로라하는 나라 최고의 석학들이잖아. 저런 양반들이 내 팬픽을 썼단 말이지. 맞잖아? 이거 내 팬픽. 헤헤.

❖

사흘이 지났다. 나는 여전히 폐가로 출퇴근중이었다. 라울 녀석은 작전준비 때문에 바쁘다며 얼굴 한번 보기 어려워졌는데, 덕분에 책을 빌리기도 어려워졌다.

그날은 아침부터 징조가 좋지 않았다. 거리를 걷다가 우연찮게 고개를 들었는데, 검은 구름이 하늘 귀퉁이를 물들인 걸 발견했다. 그것이 평범한 먹구름이 아님은 보자마자 알 수 있었다.

'울토르의 기후마법.'

에센가드의 일곱 마스터만큼은 아니어도, 울토르 또한 군웅을 자처할 만큼의 실력자였다. 에센가드의 괴물들을 논외로 치자면 사실상 서대륙의 인간 중에서는 그가 가장 뛰어난 마법사라 보아야 할 것이다. 그의 장기는 광범위한 영역에 영향을 미치는 기후마법이었다. 제갈량이 목숨 걸고 불러온 동남풍을 손짓 한번으로 만들 수도 있는 위인이다.

놈들이 여기까지 오는 데 이제 닷새 남았던가. 개넌은

잘 하고 있겠지?

아무렴 잘하고 있지 않겠냐. 걱정만으로는 아무것도 이룰 수 없다. 나는 일말의 불안을 가슴에 안고 폐가에 죽치고 앉았다. 그새 나는 이곳에 정을 붙이고 있었다. 눅눅한 이끼 냄새도 맘에 들었지만, 무엇보다 책에 집중할 수 있는 정적이 좋았다. 나는 어느덧 침식을 잊고 활자에 집중하고 있었다.

'온다.'

막 도시락을 꺼내들 참이었다. 밑도 끝도 없이 그런 생각이 들었다. 생각보다 빠른 건 감각이었다. 시각도, 청각도, 그 무엇도 아닌 제육감이 다른 존재의 접근을 알려오고 있었다.

'이게 살기라는 건가?'

온몸의 털이 찌릿찌릿 기립했다. 나는 도시락을 급히 내려놓고 세워두었던 언월도를 움켜쥐었다. 기운은 삽시간에 지척지간까지 다가왔다. 뜨거운 열풍이 바닥의 먼지를 휩쓸었다. 연이어 문짝에서 불길이 치솟나 싶더니, 잿가루와 불꽃을 뚫고 붉은 머리의 소녀가 나타났다.

"베로니카."

나는 탄식하듯 그녀의 이름을 내뱉었다. 그녀와의 만남을 고대하긴 했다. 그러나 지금같은 분위기에서는 아니었다.

"너냐. 내게 메시지를 보낸 놈이."

베로니카는 낮은 음성으로, 그러나 격정적으로 나를 추궁했다. 나는 절로 침을 삼켰다. 임마, 라울. 너 대체 무슨 도발을 한 거냐?

"네 짓이냐 물었다!"

"당신에게 용무가 있어서 불러낸 게 맞긴 해."

"그럼 죽어라."

베로니카의 양손에서 불길이 솟구쳤다. 벌겋다 못해 새파랗게 변색한 불길이었다. 이런 전개는 정말이지 좋지 않다. 내가 그녀와 맞서 싸우는 건 분량상 소설 네 권어치를 앞서가는 짓거리라고. 나는 언월도를 앞으로 뻗으며 소리쳤다.

"잠깐, 베로니카! 나는 싸우고 싶은 게 아니야. 나는 어디까지나…!"

"닥쳐라!"

말보다 행동이 먼저였다. 무얼 어떻게 피했는지 자각할 수조차 없었다. 후면의 땅이 패어나가더니, 무시무시한 열기가 사방팔방으로 튀었다. 나는 이를 악물며 땅을 뒹굴었다. 그러나 역시 모든 공격을 흘리기엔 역부족이었다.

"크윽!"

불꽃의 채찍이 갑옷 상판을 후리고 지나갔다. 마치 인

두로 살을 지지는 듯한 고통이었다. 보통 사람이었으면 통구이가 되고도 남았을 데미지건만, 나도 이곳에서는 괴물의 범주에 드는 놈이다. 완력이나 내구력만큼은 내가 그녀를 확실하게 앞섰다. 나는 주저앉는 대신 땅을 박차고 튀어나갔다.

'몰리면 답도 없다!'

내가 익힌 돌격창술에 정교한 방어기 따위는 없었다. 싸움에서 이기고 싶은가? 그러면 적을 방어하게 만들어라. 그것이 로독식 돌격창술의 요체였다. 나는 화염을 맨몸으로 받아내며 언월도를 힘껏 내려그었다.

"으랏차차!"

엄청난 굉음과 함께 폐건물의 벽이 두동강이 나 주저앉았다. 그러나 아무리 강한 공격이라도 맞추지 못하면 별무소용이다. 마치 유령이라도 상대하는 것만 같았다. 그녀는 중력에도, 물리법칙에도 영향을 받지 않았다. 자유롭게 허공을 부유하며 손길이 닿는 모든 것을 불태웠다.

나는 어지간한 불꽃은 몸으로 때우며 쉴새없이 그녀를 몰아쳤다. 집은 빠르게 본래 형체를 잃어갔다. 재능만은 나르바하 탑5위 안에 드는 테나단, 그리고 이미 정점에 달한 정령술사 베로니카. 이 둘의 싸움을 받아내기에 폐가는 너무나 빈궁한 장소였다.

"아, 빌어먹을."

돌겠네. 라울, 이 자식아. 여기서 살아남으면 니 엉덩일 걷어 차주마. 주인공을 차곡차곡 레벨업시켜주는 게 판타지지, 처음부터 보스랑 붙이는 법이 어딨냐고!

나는 뒤로 물러나 땀을 닦았다. 이곳은 이미 열탕지옥의 틈바구니였다. 흙바닥이 흐물흐물 녹아 부츠바닥에 달라붙었다.

내 혼신을 다한 공격으로도 그녀를 제압할 순 없었다. 그녀는 몸의 일부를 불꽃으로 자유자재로 바꾸며 창날을 회피했다. 그리고 간간히 손을 검의 형상으로 바꿔 빈틈을 후비는데, 그것이 차곡차곡 상처를 누적시키고 있었다.

괴로웠다. 동시에 감탄스럽기도 했다. 과연 내가 점찍은 여자답달까. 공격은 먹히지도 않고 주구장창 얻어터지기만 하다니, 산이나 강이랑 싸우면 이런 기분이겠다. 더 암울한 사실은, 그녀는 아직 자신의 전용기는 쓰지도 않았다는 것이다. 화염작렬, 발화, 화염의 고리. 세 가지 전용기 중 하나라도 나왔다면 난 진작 바닥과 융합해버렸겠지.

'잠깐, 전용기를 쓰지 않았다고?'

베로니카는 상대를 봐줘가며 싸우는 스타일이 아니다. 그런데 왜 전력을 다하지 않고 있는 거지.

그녀가 다시 거리를 좁혀왔다. 나는 이번엔 반격하지

않았다. 대신 바닥에 창을 떨어뜨리며 두 손을 번쩍 들었다.

"항복!"

나는 눈을 질끈 감았다.

몇 초가 지났다. 예상했던 고통은 없었다. 슬며시 눈을 떠보니, 이글거리는 불의 검이 내 목을 겨누고 있었다.

"뭐하는 짓거리냐?"

"항복이라고. 너와 싸우기 싫어."

"그렇다고 내가 봐줄 것 같나?"

그녀는 위협적으로 검끝을 내밀었다.

"너도 날 죽일 마음은 없잖아. 서로 대화를 바란다면 인사치레는 이제 그만두자고."

"착각하지 마라. 무기를 들지 않은 자를 죽일 수 없었을 뿐이다."

"난 솔직히 네가 왜 화를 내고 있는지는 몰라. 아마 꽤 자극적인 수법이었겠지. 그게 네 마음을 상하게 했다면 미안하다. 그러나 내겐 그렇게라도 해서 널 만나야만했던 이유가 있어."

"……이유가 뭔데."

"드로이드."

자고로 선수필승이라고 했다. 나는 그녀의 가장 아픈

기억을 끄집어낼 작정이었다. 예상대로 그녀의 안색이 단번에 나빠졌다.

"네가 그 이름을 어떻게…."

"너에 대해 들은 적이 있어. 네가 아직 자유의 몸이 아니었던 십년도 더 전에, 너와 '드로이드' 사이에 있었던 일들…."

"닥쳐!"

이번에는 그녀가 바닥을 밟았다. 엄청난 열풍이 그녀를 중심으로 격렬하게 뻗어왔다. 나는 쓸려가지 않기 위해 두 다리에 힘을 실었다. 뜨거운 바람이 머리카락을 정신없이 훑어올렸다.

그녀는 내게 왼손을 뻗었다. 동그랗게 말아쥔 저 손가락의 모양은 그녀의 전용기술인 '화염의 고리' 가 틀림없었다. 저런 큰 기술이 작렬한다면 이 거리는 흔적도 없이 소멸하고 말 것이다.

"베로니카, 그만해."

나는 팔을 활짝 벌렸다. 불길이 날 녹여버릴 것만 같았다. 그러나 여기서 약한 모습을 보인다면 진짜로 끝장이다. 나는 이를 악물며 열기를 버티어냈다.

"이러는 건 또 다른 희생자만 만들어낼 뿐이야. 넌 널 그렇게 만든 사람들과 같은 짓을 할 셈이야?"

베로니카는 드로이드란 마법사의 노예였다. 그녀는 아

주 뛰어난 마력친화력

노예와 처우가 같진 않았

릴 일도 없었다.

대신 드로이드는 그녀를 실

히 정신계 마법에 흥미가 있었다.

품이 아니었다면 미쳐도 진작 미쳐버

이 자행되었다.

열기가 조금씩 잦아들었다. 내 말을 듣고

다. 나는 용기를 얻어 말을 이어갔다.

"언제까지 이런 식으로 도망 다니면서 살 순 없

그보다는 더 나은 삶을 누릴 자격이 있어. 너는 널

만든 놈들에게 맞서 싸워야해."

"……나 혼자서는 아무것도 할 수 없다."

"혼자서는 그렇지. 하지만 넌 혼자가 아니야. 내가 너와 같이 싸워줄게."

"네가 나와 같이… 싸운다고?"

"그래."

나는 그녀의 붉은 눈동자를 바라보며 고개를 끄덕였다.

"넌 나와 아무런 관계가 없는 사람이다."

"너 네가 어떤 사람인지 전혀 모르고 있구나. 나는 네 이야기를 귀가 따갑도록 자주 들어왔어. 에센가드조차 어쩌지 못하는 탈주노예의 이야기를. 그 여자는 그녀가 부

고, 그 아름다움만큼이나 강하
리는 불길만는 전설이야. 너는 수많은 노예에
다고 전해
게 희망을라고?”

“내가 어지러워졌다. 자신을 죽이려는 사람,
그녀 고된 도피행 중에 수많은 사람을 겪어봤
꼬시 이야기를 하는 사람은 처음이겠지.
겠지 전설. 한번 생각해봤어? 네가 에센가드의 하늘
연기로 메웠을 때, 그 하늘을 같이 바라보았던 노
을 몇 명이나 될까. 그 비참한 운명을 공유하던 이들,
남겨두고 온 자들이 대체 몇 명일까? 셀 수도 없어.
수도 없지만, 벌써 반 이상은 죽고 없지. 하지만 나머지 반은 똑똑히 기억하고 있어. 그들은 똑똑히 기억할뿐더러 그날의 기억을, 그날 솟아오르던 뜨거운 화염을 말에서 말로 전해주고 있어. 알겠어? 크리스탈 궁을 무너뜨린 게 일개 노예라는 게 알려졌을 때, 그들은 네 이름을 희망으로서 가슴에 품었다고.”

“나는…….”

“노예들은 죽어가면서 꿈을 꿔. 베로니카란 이름의 영웅이 강철의 족쇄를 녹여버리는 꿈을. 그들은 너를 기다리고 있다고.”

베로니카의 몸은 다시 피와 살을 가진 육신으로 돌아오

고 있었다. 그러나 완 아니었다. 여전히
검이 내 턱 밑에 닿아 있연 건

"너는 누구냐."

"나? 말했었잖아. 테나단."

"너도 크리스탈 궁에서 온 자"

"아니, 난 테마르 토박이야."

"토박이란 놈이 어떻게 드로이드의 을 알고 있는 거지."

"베로니카, 이야기라는 게 항상 그래. 발 어도 여행을 다니는 게 이야기란 놈이거든."

나는 주변을 둘러보았다. 건물은 문자 그대 주춧돌 하나 멀쩡한 곳이 없었다. 나는 펀펀한 돌멩이 하나를 찾아 걸터앉았다.

"당신도 앉아."

"사양한다."

"쌀쌀맞네."

나는 앉은 채로 그녀를 올려다보았다. 선선한 바람이 불어와 열기를 식혀주었다. 검을 바닥에 꽂아넣은 채로 날 노려보는 베로니카는 내가 상상하던 전장의 여신 그 자체였다. 가녀린 몸을 감싸는 검은 가죽 갑옷과 붉디붉은 머리카락. 빛나는 눈동자, 강철같은 자신감.

그렇다. 내 앞에 선 이 소녀가 바로 홍염의 베로니카다.

나는 그녀를 기 생각만큼 어렵지 않을지도 모른다. 난 소설 녀의 군주였던 니브나가 어떤 말로 그녀를 꼬 조리 알고 있으니까.

하지만 그러 는 부리지 않겠다. 그녀를 설득하는 건 온전하 만했다. 나는 서서히 깨달아가고 있었다. 얄팍 밴티지에 안주하다간 시시해져버린다는 것을.

“나는 ㄴ 경로를 통해 당신이 드로이드란 마법사에 의해 ㅋ 고, 모진 학대를 받았다는 걸 알게 되었어. 하지만 정말로 특별한 일일까? 과거에도, 지금 이 순간에도 많은 사람들이 노예로 전락해서 당신과 같은, 혹은 한 고통을 받고 있어. 베로니카의 이야기는 테베스의 이야기이기도 해. 혹은 마틸다의 이야기일수도 있지. 누구에게도 끼워 맞출 수 있어.”

“그래서? 너는 내가 받은 고통이 별 것 아니라는 건가?”

“그 반대야. 당신이 진짜로 물어봤어야 할 질문은 그게 아니었어. 당신은 이렇게 물었어야 해. 왜 우리를 구해주지 않았냐고. 왜 우리를 구해주지 않고도 멀쩡히 당신들의 삶을 영위할 수 있었냐고.”

베로니카는 긍정도 부정도 하지 않았다. 그러나 그녀는 내 이야기에 귀를 기울이고 있었다.

"에센가드는 무너져야 해. 하지만 그것만으로는 부족해. 나는 이 추악한 판을 깨고 싶어. 탄압하는 소수, 그리고 방관하는 다수. 나는 양쪽 모두에게 심판의 철퇴를 내려줄 거야. 그러기 위해선 당신의 힘이 필요해, 베로니카."

"무슨 일을 벌일 작정이냐?"

"천하통일."

"천하…통일."

그녀는 갓 말을 배우는 아기처럼 내 말을 곱씹었다.

"하지만…… 그건 반역이다."

"마음에도 없는 말은 하지 마. 이 나라의 왕이 단 한순간이라도 네 왕이었던 적이 있었어? 네가 썩은 빵을 씹고 있을 때 놈은 네 육신을 짜내 만든 금화를 세고 있었어. 애초에 이 나라에는 왕이 없어. 오직 노예와 노예주인만이 있을 뿐이지."

나의 말은 작은 반향음을 내며 폐허 사이사이 깊게 울려퍼졌다. 테나단은 고운 미성을 가진 소년이었다. 그것이 높은 연설스킬과 조화를 일으켜 단어 하나하나를 가슴 심부까지 실어 날랐다. 마치 마법과도 같은 현상이었다. 베로니카는 혼란스러워하고 있었다. 나는 그녀의 붉은 눈동자를 똑바로 바라보며 말했다.

"누군가는 나서서 말해야 해. 너희들은 죗값을 치룰 거라고. 우리가 가만있지 않을 거라고!"

"거기까지다, 이 반역자 놈아!"

뜻밖의 목소리가 들려왔다. 폐허의 잔해를 헤치며 새로운 인물들이 나타났다. 아니지, 완전히 초면은 아니로구만. 그들의 맨 앞에 선 뚱뚱이는 한 눈에 알아보겠다.

"제파로스."

"하하하! 딱 걸렸다. 건방진 년, 니년이 반역종자라는 건 눈깔 굴리는 것만 봐도 알 수 있었어."

제파로스는 뒤뚱거리며 의기양양하게 웃어제꼈다. 나는 녀석의 동행자들에게 주목했다. 일전에 봤던 그저 그런 전사들이 아니었다. 세 명, 그것도 모두 마법사다. 흰 로브에는 붉은 십자가가 거꾸로 수놓아져 있었는데, 내가 아는 한 저런 문장을 쓰는 곳은 대륙에서 단 한 군데뿐이었다.

'에센가드.'

"이분들을 모른다고 하지 않겠지, 천한 계집아. 네 주인님이시다. 그러게 로젠트 가문의 호의를 거절하지 말았어야지. 내가 노예 따위에게 당하고 물러날 줄 알았더냐?

저 돼지가 앙심을 품고 고자질을 해버렸구만. 이 요란을 떨었으니 찾아오긴 쉬웠겠네.

상황은 좋지 않았다. 수틀리면 정부뿐만 아니라 에센가드와도 척을 지게 되었다.

에센가드의 마법사는 테마르의 귀족과도 같았다. 아무리 흉악한 범죄자라고 해도, 마법사가 직접 추적에 나서는 경우는 별로 없었다. 탈주노예 한 명을 잡자고 마법사가 셋이나 출동했다는 건, 그만큼 베로니카의 존재가 위협적이라는 뜻이다.

"의원님, 여기서부턴 우리가 맡겠습니다. 멀찍이 물러나시길. 만만한 여자가 아닙니다."

"알겠소. 잘 처리만 해주시구랴."

"부하들도 부르지 마십시오. 싸움에 휘말립니다."

마법사들은 마력을 불러일으키며 진형을 갖췄다. 나부끼는 로브자락 아래로 철판갑옷이 슬쩍슬쩍 드러났다.

이거 진짜 골치 아프겠는걸. 흔히 판타지에 나오는 호호백발 마법사를 생각하면 곤란하다. 녀석들은 전투마법사였다. 갑옷을 입는데다가, 근접전에도 조예가 있었다. 녀석들은 본질적으로 용병과 차이가 없었다. 밥 먹고 하는 일이라고는 살인기술의 연마뿐.

"쩝."

별 수가 없구나. 싸우긴 싸워야겠네.

언월도를 다시 들려는데, 내 앞을 베로니카가 가로막았다.

"꼬마."

"테나단이래도."

"네 이야기는 잘 들었다."

어째서인지 그녀는 날 똑바로 바라보지 않고 있었다.

"그래서 내게 뭘 바라느냐?"

"돌격대장을 맡아줘."

"돌격대장? 장수 같은 건가?"

"그래. 장수가 되어 내 군의 선봉에 서는 거야. 그리고 천하인들에게 보여주는 거지. 홍염의 베로니카가 무적인 이유를."

"제멋대로군."

그녀는 그 말을 하고 뒤로 돌아섰다. 그 순간이었다. 그녀의 등에서 커다란 불꽃의 날개가 솟구쳤다. 마치 죽어서 다시 태어난다는 새, 불사조를 보는 것만 같았다. 나는 입을 다물지 못했다. 어마어마한 기운이 날개를 따라 집약되고 있었다. 마법사가 아님에도 요동치는 마력이 피부로 느껴질 정도였다.

이건 뭐지? 내가 모르는 새로운 전용기인가?

경악한 건 나뿐만이 아니었다. 에센가드의 마법사들은 입을 모아 소리쳤다.

"들어라, 지고지순한 마력이여…!"

"화염작렬."

낙뢰가 떨어지듯, 하늘에서 거대한 불기둥이 뻗어와 대지를 내리찍었다. 폭음에 귀청이 떨어져나갈 것만 같았다. 산탄처럼 비산하는 자갈이 주변 모든 것을 갈래갈래 찢어발겼다. 나는 앞을 가리고 한동안 눈을 뜨지 못했다. 비가 내리듯 재와 숯이 끊이지 않고 떨어졌다. 무사한 곳이라고는 오직 그녀와, 그녀의 뒤에 서 있던 나뿐이었다.

나는 눈을 뜨고 주변을 살폈다. 이제는 숫제 걸터앉을 곳조차 남아있지 않았다. 마법사들과 제파로스는 폭발의 영역에 휘말려버린 듯했다. 실로 엄청난 위력의 기술이었다.

이 여자, 아까는 얼마나 봐줬다는 거야?

그녀는 내 쪽으로 몸을 돌렸다. 어느 틈에 반격을 받았는지, 갑옷 옆구리가 뜯어져 선혈이 비치고 있었다.

“저기, 괜찮아?”

“네 이야기에 흥미가 있다.”

그녀는 그렇게 운을 떼었다.

“그렇다고 네가 마음에 든다는 말은 아니다. 나는 그렇게 쉽게 사람을 믿지 않는다.”

“…….”

“앞으로 널 지켜보겠다.”

무슨 말이 나올까 조바심을 내다가, 나는 그 대목에서 그만 웃고 말았다.

“지금은 그거면 충분해, 베로니카.”

그녀는 못마땅한 표정으로 엄한 산만 노려보았다. 설정

집에도 미처 적지 못한 건데, 그녀는 뻘쭘할 때 사람 눈을 쳐다보지 못하는 것 같다.

"……이만 가보겠다."

그녀는 먼젓번에 봤을 때처럼 한줄기의 불꽃이 되어 사라졌다. 나는 흙파닥에 아무렇게나 퍼질러앉았다. 긴장이 풀리니 죽겠단 소리가 절로 나왔다. 몸 구석구석 쑤시지 않는 곳이 없었다. 봐주며 싸웠긴 했다지만, 애초에 공격력부터가 사람 잡을 레벨이니까.

하, 그나저나 나도 결국 사람 죽는 걸 봤네. 시간문제이긴 했지. 워낙 비현실적인 기술을 접한 탓인지 그렇게 끔찍하단 생각은 들지 않았다. 예상보다 훨씬 빠르게 마찰이 일어나 라울이 골치아프겠다는 걱정만 들 뿐이었다.

NEO FUSION FANTASY STORY & ADVANTURE

4. 나바 공방전

Novelist

4. 니바 공방전

돌아오는 길은 썩 유쾌하지 않았다. 어떻게 그럴 수 있는지는 모르겠지만, 내가 정부요원들과 한판 붙었다는 사실이 이미 거리에 쫙 퍼진 모양이었다. 당사자인 내가 아직 집에 도착도 안했는데, 빨래를 너는 아낙부터 축구 잘하게 생긴 코흘리개까지 모조리 날 껌 삼아 씹고 있었다. 원흉이 누구인지는 말할 것도 없었다.

"라울, 이 자식……."

나는 이를 박박 갈며 집으로 돌아왔다.

"라울!"

나는 방문을 딱 부서지지 않을 정도의 강도로 걷어찼다. 집 안은 시커먼 사내들로 가득했다. 어둠과 한몸이 된 듯한 저 칙칙한 아우라가 내 부하임에 틀림없다고 말해주고 있었다. 라울은 녀석들의 가운데에서 뭔가 열을 올리다가, 내 얼굴을 보자마자 득달같이 달려왔다.

"대장!"

녀석은 내가 뭐라 말하기도 전에 선수를 쳤다.

"괜찮소? 어디 다친 데는 없고?"

"뭐, 뭐냐. 너."

나는 할 말을 잃고 당황했다.

"걱정했잖소. 팔다리 하나쯤 떼놓고 왔을까봐."

"병 줬다 이젠 약을 파냐."

"그게 무슨 소리요?"

"너, 에센가드 놈들이 내 쪽으로 올 거라는 거 다 알고 있었잖아."

"그거야 두말하면 입만 아프지 않겠소. 탈주노예 한 명 잡으려고 테마르까지 넘어온 물귀신들인데."

"소문은? 소문은 언제부터 냈냐."

"그제부터요. 일단 차라도 마시고 숨 좀 돌리시오."

라울이 손짓하자 졸개 한 놈이 후다닥 부엌간으로 달려갔다. 보기엔 거지같은 집구석이라도 시대상을 고려하면 꽤 잘 사는 축이라, 있을 건 다 있었다.

"드십시오."

이곳에 딱히 다도라는 개념은 없다. 그래도 웃사람을

향한 예는 존재했다. 사내는 한 손으로 찻접시를 받치고 공손히 차를 내왔다. 나를 바라보는 시선엔 존경의 염이 그득했다. 아니, 그득하다 못해 넘쳐흐르고 있었다.

"죄, 죄송합니다!"

녀석은 내 손에 그만 차를 엎지르고는 바닥에 머리를 처박았다.

"하아."

나는 한숨만 폭 내쉬었다. 죽자사자 싸우고 왔더니 이젠 열 낼 기분도 아니다.

"됐어. 실수할 수도 있지."

"감사합니다, 보스!"

"감사하면 저 구석에 가 있어라. 내 눈에 안 띄게."

"예!"

나는 테이블에 의자 하나를 빼와 앉았다. 차는 신속히 다시 따라졌다. 나는 김이 펄펄 나는 찻잔을 움켜쥐고 그대로 목구멍으로 들이부었다. 목이 마르기도 했고, 한국에서도 품위라던가 격조같은 단어와는 친하지 않았던 터라.

"쯧쯧."

라울이 내 고상함에 감탄한 모양이었다.

"하던 얘기 계속해 봐."

"일단 우리의 우선목표가 도시를 손에 넣는 거잖소."

"그렇지."

"단지 점령만 해서 끝나는 이야기가 아니오. 시민들을 잘 구슬려서 우리편으로 만들 생각을 해야지. 그래야 지척까지 다가온 울토르 군에 맞서 싸울 수 있지 않겠소? 그렇다면 가장 먼저 해야 할 게 대장의 이미지 개선이었소. 알다시피 대장 이미지가 보통 개판이어야지 말이오."

"잠깐, 그게 다 작전이었다고?"

나는 오다가 들은 말들을 떠올렸다. 확실히 그것들이 욕은 아니었다. 김유빈으로서 들으면 험담이 맞겠는데, 테나단이 들자하면 욕이 험담에서 그쳤으니 이미지 상향이라고 봐야했다. 하긴 선전공작이 많이 필요하긴 할 것이다. 아무리 테나단이 선행깨나 했다고 한들, 일반인에게 건달이란 어둠의 자식 그 이상이 아니었으니까.

그럼 괜히 일 잘하고 있는 사람한테 열 냈다는 거네.

아니지, 아직도 깔 거리는 많았다.

"너, 베로니카를 대체 어떻게 도발했던 거냐?"

"아아. 효과가 있었나보구려? 별로 어려운 일은 아니었소. 남자를 싫어한다기에 대장이랑 염문설을 좀… 아야야, 사, 사람 잡겠소!"

"시끄러. 난 그것 때문에 죽을 뻔했다고."

나는 라울의 귀를 호되게 잡고 풀어주었다.

"그래서 이게 다 뭐야? 작전은 완성돼가는 건가?"

"거의 그렇소."

라울은 귀를 매만지며 나를 전략테이블로 인도했다. 전략테이블이란 요 며칠 동안 라울이 매달린 야심작이었다. 니바 시의 대축적지도를 테이블 위에 붙이고, 거리와 건물의 미니어처를 알맞게 늘어놓은 것이다. 듣기에 라울이 직접 만든 건 아니라는데, 부하들 중에 손재주가 상당한 자가 있는 것 같다.

라울은 지휘봉을 들어 내 집의 위치와 성의 위치를 짚어주었다.

"이곳은 양 진영의 본부이고."

이번에는 장기말을 한가득 가져와 테이블에 깔아놓았다.

"이건 양 진영의 병력 현황이오."

"우리가 택도 없이 열세인데."

"그렇소. 아군의 가용병력은 최대 오백, 그리고 적은 최소 오천이오."

"하지만 승산은 있는 거지?"

"승산이라기보다는 버티기 싸움이오. 그 전에, 갔던 일은 어찌됐소?"

"얘길 나눠보긴 했는데, 도와준다는 확신은 없어. 지켜

본다고 했으니 어쩌면 내 역량을 떠볼 작정일지도 모르겠고.”

“그럼 그 여자는 없는 걸로 하고, 간략히 브리핑을 드리겠소.”

라울의 계획이란 이랬다. 현 니바의 영주인 카엔은 그야말로 타의 모범이 되는 탐관오리였다. 흉년이 오건 기근이 들건 세율에 자비란 없었고, 예쁜 여자는 방앗간 들리는 참새마냥 가만히 두질 않았다. 놈의 모가지를 따주는 사람이 있다면 그가 설령 도적단의 수괴라 할지라도 환호를 받을 거라는 게 라울의 설명이었다.

그런 카엔에게 바른말을 올리는 사람이 한 명 있었으니, 전임 경비대장인 델릭턴이었다.

“전임이라고?”

“뻔한 얘기 아니겠소. 입바른 말 하다가 좌천됐지.”

홧김에 델릭턴을 내쫓긴 했는데, 그때부터 영지의 방비에 구멍이 생긴 게 문제였다. 델릭턴은 깐깐한 만큼이나 유능한 인재였다. 그러나 카엔은 당황하지 않았다. 왜, 위기는 곧 기회라는 말도 있잖은가. 그가 내민 해결책이란 이랬다.

‘밥만 축내는 허수아비는 필요 없다. 노련한 용병들을 불러와 방비계약을 맺겠다!’

그렇게 해서 들어온 게 그 이름도 거창한 ‘흑사자 전사대' 였다. 강도단과 껍데기 한 장 차이나는 쓰레기들이라는 게 라울의 평이었다. 그러나 가진 바 무력만큼은 확실했다. 놈들이 들어오고 나서 거리에는 우는 아이조차 볼 수 없게 되었다.

"우리가 붙으면?"

"몰살이오. 물론 이쪽이."

놈들은 어쨌거나 정식 인가받은 전사단이었다. 숫자는 백 명밖에 안 되도, 어중간한 일반병 두세 연대로는 갖다 대지도 못할 만큼의 정예병이었다. 여기까지 설명하고 라울은 주변의 졸개들을 다 내보냈다. 보안엄수를 할 필요가 있다나. 나는 좁다란 내 방에서 라울과 독대했다. 나는 잠시를 기다리지 못하고 라울을 채근했다.

"그래서? 그 몰살이라는 놈들을 이길 비책이 뭐냐?"

"병법에 이런 말이 있소. 싸우지 않고 이기는 것이 백 번 싸워 백 번 이기는 것보다 낫다."

"에…… 그렇지."

그거 내가 소설에 쓰려고 검색했던 손자병법 내용 같은데.

"붙어서 이길 수 없다면 싸우지 않으면 되오. 그래서 나는 그 깐깐한 자와 손을 잡았소."

"엥? 누구 맘대로?"

"그야 참모 마음 아니겠소. 델릭턴은 물러난 지금에도

영지군의 존경을 받고 있소. 그를 설득할 수만 있다면 이 싸움은 이긴 거나 마찬가지요."

"하지만 그 깐깐한 사람이 그렇게 쉽게 설득이 되나?"

"그가 영주의 폭정에도 불구하고 침묵을 지키고 있는 것은 영주의 사병과 흑사자 전사대의 존재 때문이오. 봉기를 일으킨다면 수많은 사람들이 죽고 다칠 테니까."

"봉기를 일으키지 않는 것 때문에도 수많은 사람이 죽고 다치고 있잖아."

"그래서 그는 이러지도 저러지도 못하는 상황에서 죄악감에 시달리고 있소. 우리가 그 고충을 덜어주는 게 협상의 조건이오."

"어떻게?"

"흑사자 전사대를 처리하는 것."

"야, 아까는 걔네들이랑 붙으면 우리가 몰살이라며."

"예상대로라면 그렇지만, 나는 대장에게 걸어보기로 했소."

이건 책략이 아니라 도박이었다. 하지만 나는 이런 방식이 마음에 들었다. 내 하기 나름에 달렸다는 소리잖아. 손 놓고 구경만 하는 건 내 취향이 아니었다.

"내가 해야 할 일을 말해봐."

"나는 흑사자 전사대와도 손을 잡았소. 영주의 목을 따주겠다는 조건이지. 놈들은 영주공관의 경비를 도맡고 있어서 마음만 먹는다면 영주 목 따는 것쯤이야 식은 죽 먹기요."

"대가는?"

"영주의 재산 반을 떼어주고, 도시민의 약탈을 눈감아 주기로 했소."

"야, 그건 말이 안 되잖아. 너 아까는 내 이미지 때문에 공작도 하고 그랬다며."

"물론 그놈들과 맺은 계약은 거짓이오."

여기서 라울은 나 못지않게 사악한 미소를 보여주었다.

"어차피 그놈들도 우리 뒤통수를 후릴 계산만 하고 있을 거요. 고용인을 배신했다는 악명은 모두 우리한테 떠넘기고, 한몫 잡아 다른 도시로 옮겨갈 작정이겠지. 그러니 이 싸움은 영주를 처리한 후 누가 적절한 타이밍에 배신을 잘하느냐에 달려있소."

"웃기는 싸움이구만."

"우리의 이점은 두 가지요. 첫째, 적이 우릴 얕보고 있다는 것. 놈들은 우리를 흔한 건달패로밖에 보고 있지 않소."

"흔한 건달패 맞지 않아?"

"아니지. 중요한 건 알맹이요. 대장은 흔한 건달이 아니잖소. 천하를 논하는 건달이지. 놈들은 우리가 영주의 재산이 탐나서 이런 짓을 꾸미는 줄 알고 있소. 다루기 쉬운 바보들이라고 생각하고 있지. 놈들이 방심하고 있는 만큼 더 세게 뒤통수를 후려쳐줄 수 있을 거요."

"그럴듯하네. 그럼 두 번째 이점은 뭔데?"

라울은 손가락을 들어 나를 가리켰다.

"대장의 존재요."

"나?"

"비록 우리 군의 대부분이 허접한 양아치들이긴 하지만, 대장만큼은 누구에게도 지지 않을 만큼 강하다고 생각하오. 놈들은 그걸 모르고 있소. 만약 대장이 앞서 말한 적절한 타이밍에 놈들의 간부들을 처리해주기만 한다면, 이 싸움은 이긴 거나 마찬가지요."

"날더러 흑사자 뭐시깽이의 간부들을 혼자 처리하라고?"

"그렇소."

"처리라고 함은……."

나는 손을 펴서 목을 슥 그어보였다.

"이거?"

"그야 두말할 게 있겠소. 아니, 잠깐만. 대장 설마…."

"설마는 무슨 설마야."

나는 포커페이스로 라울의 의심 섞인 시선을 떨쳐내었다. 그러나 속으로는 진땀이 흐르고 있었다.

"흐음."

라울은 고개를 갸웃거리고는 설명을 이어갔다.

"놈들의 간부는 두 명이오. 검의 정령술사 커터맨, 암석의 정령술사 락스톤. 둘 다 만만치 않은 정령술사긴 하지만, 베로니카와 대등하게 겨뤘던 대장의 실력이라면 충분히 상대할 수 있을 거요."

"혹시 너 내 실력을 재보려고 베로니카랑 붙인 거 아냐?"

"에, 이야기가 그렇게 되는 거요?"

라울은 내가 노려보자 딴청을 피우며 뒤통수를 긁었다.

"하하, 그거 참."

"상관없어. 지나간 일이고. 근데 이건 알아둬. 나랑 베로니카는 대등한 게 아니었어. 걔가 날 봐줬지."

"걱정 마시오. 대장 혼자 싸우는 것도 아니니까. 적절한 타이밍에 지원을 투입하겠소."

"너 적절한 타이밍이란 말 벌써 세 번째로 하고 있는데, 이거 진짜 확실한 작전 맞냐?"

"세상에 완벽한 작전이란 없소. 하지만 이 안이 모든 경우의 수 중에서 가장 최선에 근접한 안인 건 확실하오. 우리의 전력이 절대적 열세라는 것만 기억해주시오. 어느 정도의 리스크는 감수할 수밖에 없는 상황이오."

"알았다. 그래, 내가 참모를 믿어야지 누굴 믿겠어."

라울은 마저 준비를 하고 다시 찾아오겠다고 했다. 나는 침대에 풀썩 널브러졌다. 원래라면 아까 읽다 남은 책을 마저 볼 작정이었는데, 지금은 그럴 때가 아니었다.

'아오, 망했네.'

나는 책을 펴드는 대신 머리를 감싸며 궁상을 떨었다. 누굴 처리하라고? 그 말을 듣는 순간 빰이라도 맞은 것처럼 정신이 번쩍 들었다. 테나단의 힘을 얻은 후로 나는 멘탈이 가출상태였다. 그러지 않았겠냐. 하루아침에 초인이 됐는데 신이 안 났겠냐고. 아주 세상이 다 내 것인양 천방지축으로 까불고 있었는데, 살인의 무게감이 나를 다시 평범한 고등학생 김유빈으로 돌려놓았다.

언젠가는 이런 날이 올 줄 알고는 있었다. 짐작조차 못했다면 멍청이지. 나르바하에서 살아간다는 건 손에 피를 묻힌다는 것과 동의어였다. 사람을 잘 죽이는 게 미덕으로 여겨지는 세상이다. 판타지가 다 그런 거 아니겠나.

짐작이야 진작 하고 있었는데, 문제는 이거였다. 주둥이는 천하를 떠들고 있는데, 정신연령이 풋사과 애송이라는 거.

미치겠네. 이제 와서 살인을 못하겠다고 하면 부하들이 날 어떻게 볼까? 위선자? 겁쟁이?

'가만. 고딩이 차원이동하는 소설은 흔하잖아. 나만 이런 처지인 게 아니란 말이지. 어디 참고할 만한 작품

이……'

나는 기억나는 대로 Mpia의 연재작들을 떠올려보았다. 글을 쓰기 시작한 후로는 남의 글을 읽지 않아서, 자그마치 2년 전의 기억을 더듬어야했다.

기억난다. 선호작 등록까지 하며 열심히 봤던 소설이 있었다. 돈까스를 필명으로 쓰는 괴상한 작가의 작품이었다. 고만고만한 필력의 흔해빠진 차원이동물이었는데, 에, 그러니까…….

'없다.'

나는 멍하니 입을 벌렸다. 그 작가는 첫 살인의 임팩트를 다루지 않았다. 떠오르는 다른 작품들도 마찬가지였다. 최근의 장르계는 누굴 죽이니 살리니 가지고 찌질하게 고민하지 않는 소시오패스가 트랜드였다. 아, 물론 나도 그런 글을 재밌게 읽긴 했다. 주인공이 답답한 글을 누가 좋아하겠어?

소시오패스라.

나는 구석에 놓인 언월도를 가져와 허공에 뻗어보았다.

'이걸로 사람 목을 친다고?'

가능할까. 나 스스로를 지키기 위한 살인이 아니라, 목적을 이루기 위한 수단으로서의 살인.

언월도의 날은 험하게 다룬 탓에 곳곳이 뭉개져 있었다. 그러나 여전히 예기를 띠고 병기로서의 존재감을 과시하고 있었다.

누차 나의 평범함을 강조하긴 했는데, 21세기 대한민국의 고등학생이란 수족관 속의 열대어나 마찬가지였다. 물의 온도가 조금만 내려가도 죽고, 밥을 많이 줘도 죽고, 산소농도가 떨어져도 죽는다. 사회적 1급 보호종을 가리키는 단어가 바로 청소년이다.

그러나 시간을 조금만 되돌려보면 어떨까? 유구한 역사 속에서 도덕률이 인간의 행동을 제어하기 시작한 건 불과 백년 남짓밖에 되지 않았다. 인간은 본디부터 타자를 해쳐 살아가는 동물이었다. 그 미개한 본능이 내 핏줄이라고 없을 리는 없을 터. 나는 언월도를 두 손으로 꽉 쥐었다. 느껴졌다. 서늘한 피부의 감촉 아래로 야만적인 충동이 꿈틀거렸다.

'할 수 있다.'

미친 소리구만.

나는 언월도를 내던져버렸다. 대신 방 안을 고장난 태엽인형마냥 서성거렸다. 괜시리 설정북을 뒤져보기도 하고, 창문을 열어 하늘을 구경해보기도 했다. 그러기를 어언 두 시간여, 마침내 나는 '테나단식 살인의 법칙'을 창안해내기에 이르렀다. 나는 펜을 잡아 설정북의 빈 칸에 필기할 준비를 마쳤다. 이건 공문화할 필요가 있었다.

- 테나단식 살인의 법칙

첫째, 나 자신을 알라.

결국에는 손에 피를 묻힐 수밖에 없다는 건 인정했다. 나는 무력으로 세상을 바꾸려는 사람이다. 그런 주제에 나만 깨끗한 척은 할 수 없는 노릇이지. 하지만 지금의 나는 엎어치나 메치나 살인을 할 깜냥이 못 됐다. 나 스스로 준비가 되는 그때까지는 불살(不殺)주의로 갈 것이다.

둘째, 모두 구원한다.

나는 언젠가 이 차원의 유일무이한 상급신이 될 것이다. 그때 가서 내가 죽였던 인간의 영혼쯤 구원하는 게 대수겠냐. 대부내고 할부내서 집 사듯, 나도 지상에서 악업을 쌓고 신이 되어 모조리 변제하겠다. 그게 내 보잘것없는 양심을 위해 내놓은 변명이었다.

셋째, 성장하라.

이건 뭐 부연설명 할 필요도 없겠네. 사람 목숨 짊어지고 가는 만큼 진지하게 가자는 거지. 내 소설이 현실이 됐니 어쩌니하는 동화틱한 감상은 이쯤에서 접어둬야만 한다. 내가 라울에게, 개넌에게, 그리고 베로니카에게 말했던 그 꿈을 진정한 나 자신의 꿈으로 만들어야했다. 국가와 민족을 위해 분연히 일어났던 독립투사의, 의용병의 심정이 되어야했다. 그들도 처음부터 전사는 아니었다. 논밭 갈고 쟁기 끌던 농군이었지.

나는 여기서 설정을 덮었다. 더 추가할 항목은 없어보였다.

설정집을 고이 모셔놓고 침대에서 잠을 청하고 있을 때였다. 갑자기 대문간이 시끄러워졌다. 누군가가 경호를 서던 부하들과 실랑이를 벌이고 있었다. 낯익은 목소리가 들린다는 생각이 드는 순간, 내 몸은 자동으로 튀어나가고 있었다.

"거기 잠깐!"

나는 곧 부서질 예정인 문을 황급히 열어젖혔다.

"베로니카?"

"보스 아시는 분이셨습니까?"

나는 현관 앞에 소담하게 선 소녀를 황당하게 쳐다보았다. 그녀가 맞았다. 그런데 아까와는 묘하게 다른 분위기였다. 머리카락이 살짝 젖어 있는데다가, 피부가 유난히도 뽀송뽀송했다. 등에는 가죽배낭을 메고 있었는데 중량이 꽤 나가보였다.

"베로니카, 여긴 어쩐 일이야?"

"너 꽤 유명하더군."

"뭐 그렇지."

베로니카는 파리가 날아간다는 듯한 말투로 선언했다.

"당분간 이곳에 머무르겠다."

"에?"

"네 덕에 더 이상 여관에 머물 수 없게 되었다. 갈 곳이 없기도 하고."

"아, 하긴."

영주와 흑사자 전사단의 환상의 콤비네이션 탓에 니바에는 사람이 살지 않는 공동블럭이 곳곳에 존재했다. 나와 그녀가 싸웠던 장소는 그런 곳에서도 꽤 깊숙한 위치였다. 하지만 그녀의 능력 자체가 워낙 눈에 띄는 것이다 보니, 추적은 시간문제일 것이다. 원래 스토리대로라면 그녀는 이대로 도시를 떠났어야했다.

그래. 안 될 건 없어. 남녀가 칠세부동석이라는 것만 빼고는.

"여기가 네 방인가?"

"맞아."

"그럼 나는 이곳을 쓰도록 하지."

베로니카가 가리킨 방은 방이라기보단 잡동사니를 쌓아두는 창고에 가까웠으나, 라울이 갖다놓은 간이침대가 하나 있었다. 나는 짐을 푸는 그녀를 곁눈질로 훔쳐보았다. 판타지 세계에 사는 소녀의 가방 안에선 무엇이 나올까 궁금했다.

'옷가지, 단검, 냄비, 수건….'

취사도구가 대부분의 중량을 차지하고 있었다. 화장품 같은 건 있지도 않았고, 옷도 치장하기보다는 가린다는 본래 목적에만 충실한 것들이었다. 저 가방 안에서 나온 물건이 그녀의 전재산이나 마찬가지일 것이다.

괜스레 미안한 마음이 들었다. 노예태생, 학대, 끝없는 도피행, 대충 자판 몇 번 두드려 나온 것들이 그녀에게는 삶이요 모든 것이었을 테니까.

베로니카는 짐을 대강 정리하고 내게 다가왔다. 옆으로 길을 터주려는데, 그녀는 내가 물러설 수도 없을 만큼 가까이 다가와 얼굴을 들이밀었다.

"아, 뭐 필요한 거라도 있어?"

나는 당황해서 얼버무리듯 물었다. 코 밑에서 좋은 향기가 솔솔 올라왔다. 그보다 난 후천성 미소녀 면역결핍증 환자라고. 죽일 듯이 창질할 땐 언제냐고 따지면 할 말 없지만.

"배고프다."

"……."

"먹을 게 있느냐?"

"있어. 입맛에 맞을지는 모르겠지만."

어제 라울이 한 요리가 남아있었다. 무슨 재료를 넣었는지는 모르겠는데, 한국에서 먹던 양송이스프랑 비슷한

맛이었다.

그나저나 베로니카가 이런 캐릭터였나? 얼굴을 들이대며 배고프다고 할 때는 고양이라도 보는 것 같았다. 나는 벌렁대는 심장을 달래며 스프를 그릇에 듬뿍 담았다.

"자, 여기."

베로니카는 우선 냄새부터 맡더니, 조심스레 한 스푼 덜어 입에 넣었다. 그 다음부터는 순식간이었다. 보면서도 어떻게 사라지는지 믿지 못할 지경이었다.

"더 줘?"

베로니카는 말없이 고개만 끄덕였다. 그러기를 세 접시째, 냄비는 순식간에 동이 나버렸다. 그녀는 그제야 민망한지 얼굴을 돌리며 말했다.

"조금 시장했던 것 같다."

"아, 이해해. 먹을 거 챙겨먹고 살기 험한 세상이잖아."

"고작 음식 좀 줬다고 기고만장하지 마라. 내 힘이 필요한 건 너일 터."

"네 말이 맞아. 뭐든 원하는 게 있으면 말만 해."

나는 씩 웃으며 대꾸했다. 저건 날 돕겠다는 확정적인 대사로 봐도 되는 거지? 그렇다면야 스프 한 냄비가 대수겠냐.

"대장!"

그때, 라울이 격정적으로 뛰어들어왔다.

"어이, 왔냐."

"대장. 당신… 당신… 정말 이러기요?"

"뭐, 뭐가?"

라울은 마룻장을 부술 기세로 쿵쿵 걸어왔다. 이때 라울의 표정이 얼마나 박력이 넘치던지 나는 절로 뒷걸음질을 쳤다.

"같이 성공해서 부귀영화를 누리자고 해 놓고 인간이 어쩌면 이럴 수가 있소?"

"아니, 내가 뭘 했기에 그러냐."

"뭘 했냐니? 뭘 했냐고? 이제 내 눈앞에서 여자랑 히히덕거리는 것쯤은 아무것도 아니란 건가!"

"야야, 진정해. 베로니카잖아. 내가 말했던."

"허."

녀석은 벙찐 표정으로 베로니카를 쳐다보았다.

"안녕하십니까, 베로니카님. 말씀은 많이 들었습니다."

갑자기 라울의 말투가 변했다. 게다가 어울리지도 않는 궁중식 예법을 선보이고 있었다. 이젠 내가 벙찔 차례였다.

임마 라울. 너 처음에 베로니카보고 뭐라고 했더라? 정신 나간 여자랬던가?

"흥."

그녀는 라울의 인사를 찬바람 쌩쌩 날리는 무시로 받아 주었다. 나와 다를 바 없이 당하는 녀석을 보자니 묘한 안도감이 들었다.

"나는 쉬고 있겠다. 방해하지 말도록."

베로니카는 방으로 들어가 문을 닫아버렸다. 남겨진 두 남자 사이에 잠깐 정적이 휘몰아쳤다. 라울의 눈빛이 맹렬하게 해명을 요구하고 있었다.

"대장, 이건 또 무슨 흑마법이오?"

"이야기가 생각보다 잘 됐어. 날 도와줄 모양이야."

"나 이젠 진지하게 의심이 되오. 어디 가서 사람을 홀리는 아티펙트라도 구하셨소?"

"그래. 구했다. 그리고 그걸 처음 써먹은 게 바로 너야. 그러니까 말 잘 들어라."

"칫. 재미없소."

라울은 가져온 서류뭉치를 테이블 위에 흩어놓았다. 무기와 장구류 조달, 금전 사용처에 관한 문서들이었다. 그는 그걸 테이블에 한 장씩 내려놓으며 내게 경과를 보고했다.

여기서 한 가지 고백을 하자면, 나는 수학이 싫었다. 숫자 알레르기라고 봐도 좋을 정도였다. 녀석이 늘어놓는 외계어의 향연에 나는 알아듣지도 못한 채 고개만 끄덕일 따름이었다.

거사날은 내일 아침으로 정해졌다. 나는 일어나자마자 빠른 조찬을 먹고 영주관으로 출발해야했다. 그러고 그 흑사자 뭐시깽이의 간부와 만나 비위를 맞춰주다가, 때를 봐서 기습으로 제압한다. 그동안 라울은 오백 명의 부하를 데리고 따로 작전을 수행할 것이다. 최악의 경우 내가 패배하더라도, 목숨이 붙어있기만 하면 이기는 상황을 만드는 게 라울의 임무였다.

"그래서 다 이해가 되셨소?"

"애들 집합시켰다는 거?"

"결론이 어째서 그렇게 나는 거요. 내 말 제대로 들은 거 맞긴 맞소?"

"듣기야 했지. 어느 귀로 나갔는지는 모르겠고."

"하아. 들어주기라도 했다니 다행이오."

"그럼 다녀올게."

나는 언월도를 들어 어깨에 걸쳐 메었다.

"어딜 말이오?"

"내 일이 그런 거잖아. 나서서 떠드는 거."

"뭐, 좋소. 대장이 나서야 녀석들 사기가 오를 테니."

나는 라울의 안내를 받아 부하들이 모여 있다는 장원으로 향했다.

이제 하루 남았다. 오늘의 니바와 내일의 니바는 영원히 같지 않을 것이다. 무수한 이가 죽고 말겠지. 내가 타인의 목숨을 축내며 살아갈 만큼 가치있는 인물인가? 가급적 이 질문의 답을 전투 전에 구하고 싶었다. 그러나 아쉽게도 내 머리로 구할 수 있는 답은 아닌 것 같았다. 대신 확실한 게 하나 있다면, 내가 나서지 않으면 이 세계는 퇴보한다. 내가 나서지 않아도 사람들은 죽는다, 더욱 덧없이, 더욱 잔혹하게. 나는 내가 세상을 바꿔놓을 수 있다는 확신을 가져야했다. 그러기 위해 향하는 발걸음이었다.

"다 왔습니다."

안내역을 맡았던 가일이 도착을 알렸다. 역시 라울의 일처리엔 빈틈이 없었다. 장원은 우리의 목표에 완전히 부합하고 있었다. 밖에서는 안이 잘 보이지 않았고, 사이즈는 오백 명이 너끈히 들어갈 만했다. 녀석, 고생했을 거다. 한국에서야 흔한 게 운동장이지만, 빈궁하기 짝이 없는 나바에서 이만한 부지를 구하는 건 쉬운 일이 아니니까.

"여어."

"이것들아! 두목께서 오셨다!"

입구를 지키는 덩치들이 안에다 대고 고함을 쳤다. 나는 아치형의 통로를 지나 흙을 다져 만든 연무장에 도달했다.

"보스."

"보스, 오셨습니까."

물경 오백 명의 건달들이 하던 일을 멈추고 내게 인사를 올려왔다. 상상이야 몇백 번이라도 했었으나, 실제로 보게 되니 실로 감흥이 돋는 장면이었다. 그리고 이들을 더 이상 건달이라고 볼 수도 없었다. 검은 색으로 일괄 주문한 가죽갑옷을 맞춰입은 모습이 실로 정예로웠다. 물론 고작 며칠의 훈련에 진짜 정예병이 됐을 리는 없지만, 일단 기세만으로는 합격점이라 하겠다.

나는 부하들이 터주는 길을 지나 연단 앞으로 걸어갔다. 연단에는 라울이 고용했음직한 군인틱한 남자 셋이 어정쩡하게 서 있었다. 그들은 내가 고용주라는 걸 모르는 듯한 눈치였다. 정확히는 내가 아니라 가일을 쳐다보고 있었다.

"이 분이 테나단님이시오."

보다 못한 가일이 지적해주자, 그들은 허둥지둥 경례를 올렸다.

"실례했습니다. 마크라고 합니다."

"비야입니다."

"실론입니다."

"반갑다. 나는 테나단."

나는 손을 내밀어 악수를 청했다. 마크가 동료들을 대표하여 내 손을 마주잡았다.

"듣기로 당신들이 내 애들을 훈련시켰다는데…."

"예, 그렇습니다만 계약만료가 오늘까지입니다. 시일이 촉박하여 기본적인 진형훈련 이상으로 진도를 빼진 못했습니다."

"그거면 됐지. 어지간히 말들 안 들었을 텐데 고생이 많았겠어."

"그렇지도 않았습니다."

"미안하지만 바로 집으로 보내줄 수는 없어. 이쪽에 말 못할 사정이라는 게 있어서, 하루 이틀은 쉬어갈 생각을 해. 대금 지불은 확실하게 해줄 테니까 걱정하지 말고."

"예, 알겠습니다."

출신이 수상쩍은 수백 명의 사병을 훈련시킨다. 요새 정세에서라면 목숨 내놓지 않고서야 맡을 수 없는 의뢰였다. 라울이 어떻게 이들을 구워삶았는지는 모르겠는데, 사정을 이해하고 있다면 나야 편하다.

나는 교관들을 뒤로하고 연무장의 단상 위로 걸어갔다. 딱히 따로 말을 할 필요도 없었다. 오백 인의 시선이 내게로 모이는 데는 그리 오랜 시간이 필요치 않았다. 나는 눈을 감고 소설 속의 한 페이지를 떠올렸다.

'테나단이 이 때 뭐라고 했더라?'

테나단은 무엇으로 이들을 휘어잡았던가? 무엇이 이들을 저 피비린내나는 난세의 전장으로 몰아갔던가?

바람이 살랑이며 뺨을 스쳐갔다. 날은 따뜻했다. 나르바하에는 지구의 십이력 대신 이십이절기가 있었다. 오늘은 큰뱀이 잠에서 깨어난다는 사기절(蛇起節)이었다.

'생각나지 않는다.'

생각나지 않았다. 수십 번을 읽고 또 읽어 써 낸 내 소설의 일부임에도, 마치 지우개로 지워버린 듯 기억이 전혀 나지 않았다. 대신 머릿속을 채운 건 어떤 목소리였다. 그것은 테나단도 아니고, 김유빈도 아니고, 여기 이 자리에 선 바로 '나'의 목소리였다.

나는 다시금 눈을 떴다. 오백 인의 부하들은 숨을 죽이고 내 입만 쳐다보고 있었다.

"다들 왜 이곳에 모이게 되었는지 궁금해하고 있을 것이다."

내 목소리는 장원의 구석구석까지 닿고 있었다. 악기에서 나오는 듯한 맑은 목소리는 테나단에게서 가장 마음에 드는 부분이었다.

"거짓말은 하지 않겠다. 너희들은 내일 전장에 나가 싸우게 된다. 결코 만만치 않은 적이다! 적은 우리보다 머릿수가 많고, 우리보다 경험이 많다. 무엇보다 이 싸움은 너희들을 위한 싸움이 아니다. 너희의 목숨은 타인을 위해 쓰이게 될 것이다. 개죽음 중에서도 이만한 개죽음이 없다! 그러니 이 자리에서 결정해라. 어떤 이유라도 좋다.

목숨이 아깝다거나, 사랑하는 여자가 있다거나, 아니면 하필 오늘 감기가 걸린 탓일 수도 있겠다. 싸우고 싶지 않은 자는 무기와 갑옷을 내려놓고 이곳을 빠져나가라. 그러더라도 일체의 불이익이 없을 것임을 내 이름을 걸고 맹세하겠다."

들려오는 것이라고는 오직 내 목소리뿐이었다. 장내는 적막했다. 모두들 선 채로 석상이라도 된 듯 꿈쩍도 하지 않았다. 그 누구도 무기와 갑옷을 내려놓지 않았다.

"뜻은 잘 알겠다. 너희 모두의 무운을 빈다. 그리고 약속하겠다. 나를 위해 쓰이는 목숨은 그리 헛되지 않을 것이다. 너희들의 피는 새로운 세상을 만드는 밑거름이 될 것이다."

정적이 계속되나 싶을 때, 누군가가 주먹을 번쩍 들었다.

"테나단!"

내 이름을 부르짖은 건 가일이었다. 요 며칠 나는 그가 동료들로부터 상당히 신망이 있는 사내라는 걸 알게 되었다. 특히 최근 내 개인경호를 전담하면서 더욱 그렇게 된 것 같았다. 가일은 주먹을 꽉 쥐고 하늘로 힘껏 쳐들었다.

"테나단!"

그 다음부터는 누가 먼저랄 것도 없었다. 오백 인이 한 목소리가 되어 지축이 울릴 듯 내 이름을 연호했다. 테나단, 테나단, 테나단…! 나는 그것을 만끽하며 팔을 벌렸다. 꼭지가 돌아버릴 만치 황홀했다. 단지 함성을 받고 있다는 차원을 넘어서, 지금 이 순간이 앞으로의 내 운명에 맞닿아 있다는 강한 확신이 들었다. 살인의 법칙을 쓰며 내게 모자란다고 느꼈던 단 하나의 결핍점이 충족되는 느낌이었다. 나는 천천히 걸어 연단을 내려왔다. 열기는 쉬이 가라앉지 않았다. 부하들은 창대로 바닥을 쉼없이 두들겨댔다.

◈

첫경험의 여운은 강렬했다. 돌아오는 길은 내가 걷고 있는 건지 춤을 추고 있는 건지 분간이 안 갈 정도였다. 와서는 어떻게 잠을 이루나 걱정했는데, 베개에 머리를 댔다 떼니 하루가 지나가 있었다.

눈을 떠보니 라울은 모든 준비를 마치고 나를 기다리고 있었다. 내 컨디션 조절을 위해 중간에 깨우지 않은 듯했다. 우리는 간단히 아침을 함께 하고 각자의 작전대로 흩어졌다. 녀석은 떠나기 전에 내게 한 가지 당부를 남겼다.

'락스톤이 경비대 쪽으로 빠진다는 정보가 입수되었

소. 대장이 상대할 놈은 커터맨인데, 매우 헤프고 잔인한 성격이라 알려져 있소. 놈을 방심시키려면 대장도 그런 부류로 보여야만 할 것이오.'

한마디로 싸이코패스 연기를 하란 뜻이었다. 나는 그러겠고마 하고 고개를 끄덕였다. 지금의 나는 무슨 짓이라도 저지를 수 있을 만큼 자신감 만땅이었다.

영주공관에는 나 외에도 열 명의 부하들이 동행했다. 거리는 2차 세계대전 후의 시가지를 보는 것 같았다. 행인들은 방황하는 좀비마냥 생기가 없었고, 낡은 건물들은 발로 걷어차기만 해도 무너질 듯했다. 그러나 도심의 경관은 외곽과 딴판이었다. 비버리힐즈에 온 듯한 호화 저택이 도시 중심지에 집중적으로 밀집되어 있었다. 우리는 부촌에 접어든지 삼십여 분만에 드디어 영주공관에 도착했다. 공관 앞에는 마중을 나온 것으로 보이는 사람들이 서성이고 있었다.

"안녕하신가!"

그들은 모두 다섯 명이었는데, 역시 잘나가는 전사대답게 장비수준부터 차원이 달랐다. 나부끼는 망토는 자색이오, 전신을 보호하는 철판갑옷에는 울부짖는 사자 마크가 선명했다.

"반갑습니다. 백은 전사대의 테나단입니다."

나는 공손한 태도로 인사를 받아주었다. 백은 전사대

란 라울이 붙여준 우리 패밀리의 새로운 이름이었다. 내 머리카락의 색깔에서 이름을 딴다는 발상이 소설과 일치했다.

"형씨가 테나단이야? 듣기보다 훨씬 어린 친구인걸."

코에 피어싱을 잔뜩 박아 넣은 흉측한 놈이 건들거리며 말을 걸어왔다. 이놈이 바로 커터맨이다. 나는 놈의 설정을 상기했다.

- 커터맨, 본명은 케로스

흑사자 전사대의 두 명의 간부 중 하나. 마흔다섯. 철이 들기 전부터 지금까지 쉬지 않고 수라장을 헤쳐온 베테랑 전사다. 놈의 머릿속은 오직 황금과 살인 두 가지 뿐이며, 그 둘을 위해서라면 무슨 짓이든 불사할 수 있는 악한이다. 명검 블랙하트를 통해 검의 정령을 소환하여 정령술사가 되었다.

전용기술 : 사자의 발톱
처치시 획득하는 점수 : 80

녀석의 허리춤에 달랑거리는 저 검이 명검이라는 블랙하트인 것 같다. 어두운 기운이 풀풀 떨어지는 게 육안으로도 보일 정도였다. 전용기가 한 개밖에 없다는 점에서 베로니카와의 수준차는 명백했으나, 전용기가 하나도 없는 내게는 만만치 않은 상대일 것이다.

"올해 열여섯입니다. 커터맨님의 무명을 익히 듣고 자랐습니다. 이렇게 만나뵙게 되어 영광입니다."

"히히, 이 친구 혓바닥이 아주 미끈미끈한데? 난 말 잘하는 놈은 싫어해."

어라라, 컨셉을 잘못 잡은 건가?

"키키키! 농담이야, 농담. 얼굴 피라고. 긴장할 거 없어. 우린 한 배를 탄 동지잖아?"

"그렇죠."

"그럼 가자고, 친구."

놈은 친근한 척 내 어깨에 손을 두르며 물었다.

"그런데 내가 그렇게 유명해?"

"물론이죠. 로독 노예병 백인대를 혼자 전멸시키신 이야기는 이미 전설입니다. 로아스 평원, 무트로 회전에서도 활약하셨죠. 칼밥 먹는 사람치고 커터맨님의 위명을 모르는 사람이 드물 겁니다. 특히 포로를 일체 살려두지 않는 카리스마는 저도 일개 전사대의 대장으로서 본받을 점이라고 생각합니다."

"헤에. 내가 유명한 거구나."

이때 녀석의 표정은 멍청해 보이기까지 했다. 놈은 결

단코 머리가 좋은 편이 아니었다. 대신 떨어지는 지능을 상쇄할 만큼의 잔인함이 있었다. 오직 폭력 하나만으로 흑사자 전사대의 정점에 오른 인물이니만큼 만만히 볼 수 없겠다.

"커터맨님. 우리의 계약 말입니다만…."

"일 얘기는 가면서 하자고. 서두를 거 없잖어."

"예."

나는 계단을 오르면서 주변을 꼼꼼히 살펴보았다. 영주공관은 고풍스러운 중세유럽 양식의 성곽이었다. 입구 부근에는 상당히 많은 병력이 배치되어 있었는데, 정규군은 온데간데없고 모두 흑사자 전사대의 멤버들이었다.

"커터맨님. 이제 그것의 '처리'에 관해서 얘기를 나눌 수 있을까요."

"아아아아, 그래. 그렇지. 뭐가 궁금하니?"

"결행 시기입니다."

"결 뭐?"

"결행… 아니, 언제 그자를 처리할까 하는 문제입니다."

"히히, 난 또 뭐라고."

커터맨은 내게 손가락 네 개를 펴 보였다.

"네 시간 후입니까?"

"땡."

"그러면…."

"나흘 후야."

"예? 그건 너무 늦지 않습니까?"

"어린 친구가 성질이 급하네. 늦어서 나쁠 것도 없잖아. 그지?"

"예. 하긴 그렇죠."

나는 더 따져 묻지 않았다. 어차피 삼일이든 삼십일이든, 너는 오늘 등 뒤에서 칼 맞는다.

"여기 영주 나으리가 아주 재밌는 취미가 있다고. 즐길 건 즐기는 게 좋지 않겠어."

그랬었다. 울토르의 군대가 눈앞에 나타나기 전까지 이 도시는 축제를 벌이고 있었다. 소설에서 몇 줄 언급하기도 한 한심한 작태였다. 우리는 긴 복도를 지나 영주의 집무실로 향했다. 감미로운 음악 소리가 쉼없이 흘러나왔다. 샹들리에는 휘황하게 빛이 났고, 옷을 입은 건지 벗은 건지 모를 창녀들이 떼를 지어 돌아다녔다. 건물에 남자라고는 듬성듬성 서 있는 경비들 말고는 없는 것 같았다.

"어머, 이 애 좀 봐!"

"헐. 대박. 완전 귀여워!"

"휘유. 너 인기 좋은데?"

커터맨이 천박하게 휘파람을 불었다. 나는 걷기가 다 곤란스러울 지경이었다. 여자들이 귀엽다고 만지거나 찔러대는 통에 걸음이 자꾸 늦춰졌다. 평소 같으면 민망해서 어쩔 줄을 몰랐겠지만, 지금 내 머리는 거사 계획으로 가득차서 다른 게 비집고 들어올 틈이 없었다.

"부질없습니다. 그저 빨리 피를 보고 싶을 뿐입니다."

"히히히! 너 마음에 든다."

"형님에 비하면 새발의 피지요."

"새발 뭐?"

"쨉도 안 된다는 뜻입니다."

"아항. 야, 너 진짜 마음에 든다. 내 밑에 들어올래? 너라면 셋째 삼아줄 수도 있는데."

세 번째 간부로 만들어주겠단 뜻이다. 그나저나 저런 중이병틱한 대사가 먹힐 정도라니, 이놈 뇌 상태가 매우 좋지 않은 것 같다. 나는 내가 낼 수 있는 최대출력의 한도로 비열한 미소를 지어보았다.

"죄송합니다. 저도 따르는 식구들이 있는 몸이라."

"알어, 그냥 해본 말이야."

커터맨은 내 등을 팡팡 두들겼다. 사람들은 갈수록 많아졌다. 우리는 메인 홀에 접어들고 있었다. 나는 이 모든 광경을 부정적으로 바라보고 있었음에도 불구하고, 눈앞에 펼쳐진 화려함에 감탄하지 않을 수 없었다.

'하, 엄청난데.'

콘서트의 무대조명을 보는 듯 총천연색의 광채가 눈을 어지럽혔다. 보석을 아낌없이 넣은 조명과 장식의 광채였다. 실내 한가운데는 커다란 분수대가 자리했고, 반나체의 소녀들이 물놀이를 하고 있었다. 그 모든 광경을 내려다볼 수 있는 위치에 영주의 옥좌가 놓여있었다. 일개 영주의 자리에 옥좌라는 표현을 쓰는 게 이상하게 들릴지도 모르겠는데, 의자 하나에 치장을 저렇게까지 해놓으면 뭐든 옥좌가 못 되겠나 싶다.

"오오, 우리의 친구가 왔도다. 자비심 없는 검의 정령사 커터맨!"

내 또래의 소년이 옥좌에서 일어나 희극적인 투로 외쳤다. 녀석의 오바에 여자들이 일제히 박수갈채를 보냈다.

저 소년이 바로 카엔 로젠트였다. 니바의 영주. 설정상 녀석은 테나단과 동갑인 십육세에, 테나단과 비견될 만큼의 미모를 가졌다고 묘사되었다. 테나단이 가시 품은 들꽃이라면 녀석은 난초였다. 소녀라고 해도 믿을 만큼 가냘픈 외모에다가, 변성기가 오지 않은 목소리는 여리여리하기 짝이 없었다. 물론 외모만 비견이 된다는 것이지 녀석의 능력은 보잘것없었다. 테나단이 아니라 김유빈으로도 쌍코피를 터뜨려줄 수 있을 것이다.

커터맨과 나는 정중하게 예를 표하고 음식이 깔린 테이블을 찾아갔다. 한동안은 이런 분위기로 연회가 계속되었다. 나는 치근덕거리는 여자들을 간신히 떼어내며, 이따금 과일을 오물거렸다. 커터맨은 양옆구리에 여자를 끼고 손장난을 치느라 바빠보였다. 의뢰인 살해라는 엄청난 대사를 앞에 두고 저렇게 히히덕거릴 수 있는 것도 재능이지 싶었다.

한 시간쯤 흘렀을 때, 갑자기 음악이 경쾌한 행진곡풍으로 변했다. 그게 신호인 것 같았다. 곳곳에 흩어져 있던 무희들이 홀의 중앙으로 모여들었다.

"시작됐어, 시작됐어."

커터맨은 아이처럼 박수를 치며 좋아했다. 나는 그의 어깨를 슬쩍 건드리며 물었다.

"뭐가 시작됐다는 겁니까?"

"메인이벤트."

메인이벤트? 커터맨은 수수께끼 같은 괴소를 흘렸다. 그 미소가 의미하는 게 뭔지 나는 짐작도 할 수 없었다. 소설에서는 다루지 않았던 장면이었다. 소설에서의 테나단은 커터맨이란 놈과 만나지도 않았다고.

"데려오너라!"

카엔이 호령하자 정문에서 일단의 병사들이 들어왔다. 그들은 쇠사슬에 팔다리가 묶인 성인 여성과 어린 여자아이 하나씩을 대동하고 있었다. 그녀들이 모녀지간임은 보자마자 알 수 있었다. 연갈색의 머리카락이, 그리고 겁에 찌든 푸른 눈동자가 말해주고 있었다.

"이건 무슨 이벤트죠?"

"보면 알아, 보면."

중앙에 모인 무희들이 좌우로 갈라섰다. 마치 신하들이 대전에 늘어서듯 열을 갖춘 모습이었다. 모녀는 홀 가운데에 거칠게 무릎 꿇려졌고, 한 소녀가 나서서 카랑카랑한 목소리로 포고했다.

"공정하고 현명하신 니바의 통치자 카엔 로젠트 님께, 어버이 같은 마음으로 신민을 굽어 살피시길, 부디 그 지혜를 나누어 주시길 청합니다!"

좋지 않은 예감이 들었다. 단순한 퍼포먼스는 아닌 것 같았다. 카엔이란 애송이는 나른한 표정으로 손짓했다.

"무슨 일인지 고하라."

"여기 두 죄인이 있습니다. 이름은 엘레나와 세엘. 엘레나란 자는 남의 재산을 탐하여 도둑질을 하였고, 세엘은 거짓으로 관병을 속여 죄인을 숨겨주었습니다. 왕국법에 의하면 도둑질한 자는 손목을 자르고, 관병의 공무를 방해한 자는 태형 이십 대에 처한다고 되어 있습니다. 그러나 두 사람이 모녀로서 그 정을 외면할 수 없었던 점, 오래 전에 남편과 사별하여 생활고에 시달려온 점에 참작의 여지가 있다고 사료됩니다."

어머니의 이름은 엘레나, 여아의 이름은 세엘이었다. 사건 자체는 평범하기 그지없었다. 흔하다면 흔한 사건인데, 저 어린놈이 무슨 생각으로 파티 중에 공판을 여는 것인지 알 수 없었다.

"영주님이시여! 제가 잠깐 눈이 멀어 죽을죄를 지었습니다! 하지만 이 어린 것에게만은…! 어린애가 뭘 알고 그랬겠습니까? 아이에게만은 제발 자비를 베풀어주시길 바랍니다!"

"엄마, 엄마!"

엘레나는 엎드려 자비를 구걸했다. 세엘은 어미에 붙어 박박 울기만 할 뿐이었다.

나르바하의 세계는 여러 면에서 고대, 중세의 지구와 닮아 있었다. 작가 상상력의 한계 때문이었는데, 법의 체계도 비슷했다. 대체로 테마르의 법은 '네가 나를 다치게 했으니 너도 그만큼 다쳐야 한다.'는 함무라비 법전의 정신을 계승하고 있었다. 하지만 모든 일이 법대로라면 통치자가 왜 있겠는가? 저 조그만 아이를 태형 이십대에 처한다는 건 사형선고나 다름없었다.

"흐음."

카엔은 수염도 나지 않은 민턱을 쓰다듬으며 고심했다.

"안타깝도다. 내 백성이 아직도 배곯고 있다는 건 지도

자로서 부끄러운 일이다. 그러나 법의 질서를 내 손으로 무너뜨릴 수도 없는 노릇이니."

녀석은 그러더니 내 쪽으로 고개를 돌렸다.

"커터맨, 그대의 생각은 어떠한가?"

"나 말입니까?"

"그렇다. 내 챔피언으로서 그대의 의견을 구한다."

이놈이 영주의 챔피언이었군. 나는 이쯤에서 불안해지기 시작했다.

커터맨은 피어싱이 주렁주렁 달린 입술을 쫙 째며 웃었다.

"어, 간단한 거죠. 서로 사랑하니까 죄를 지은 거 아닌가요? 그럼 그게 진짜인지 알아보기만 하면 되지 않겠습니까."

"그대가 옳도다!"

카엔은 무릎을 치며 일어섰다.

"역시 내 챔피언이다. 여봐라, 가서 '진실의 끈'을 가져오너라!"

"예!"

병사들이 가져온 건 커다란 모래시계와 황금빛의 밧줄 한 움큼이었다. 소녀들은 밧줄을 건네받아 올가미를 두르듯 엘레나의 목에 매듭을 지었다. 나는 소녀들의 눈에서 어렴풋이 공포를 감지해냈다. 진실의 끈이라니? 그것도 소설에선 다룬 적이 없는 아이템이었다.

"그 밧줄은 진실을 밝혀주는 아티펙트다. 나는 그것으로 너를 시험하고자한다. 통과하면 자비가 따를 것이요, 실패하면 그를 신의 뜻으로 삼아 법을 집행하겠다."

"하겠습니다. 아이를 풀어주시기만 한다면… 무엇이든!"

엘레나는 지푸라기 잡는 심정으로 매달렸다.

"내 듣기로 세상에서 가장 위대한 것이 모성이라 하였다. 시험이 시작되면 밧줄이 서서히 조여올 것인데, 견디지 못하겠거든 언제든 그만두겠다고 말하면 된다. 네가 정녕 아이를 위하는 여인이라면 어떤 고통이건 인고할 수 있으리라 믿는다. 모래시계의 모래가 다 떨어질 때까지 괴로움을 참아낸다면, 아이뿐만 아니라 네게도 온정을 베풀어 주겠느니라. 어미 없이 아이가 어떻게 살아갈 수 있겠느냐."

"아아, 자비로우셔라."

"시작하라."

엘레나는 눈물을 흘리며 눈을 감았다. 카엔은 그것을 내려다보며 환히 웃었다. 섬뜩한 느낌이 엄습해왔다. 저 놈은 연기를 하고 있었다. 마치 지금의 나처럼. 나는 저도 모르게 엉덩이를 들썩거렸다.

"멈춰…!"

나는 뭐라 말하면서 일어섰다. 밧줄이 가느다란 목을 빠르게 조여들고 있었다. 나는 얼어붙기라도 한 것처럼 꼼짝없이 서서 그 참극을 지켜보았다. 모래는 턱없이 느린 속도로 떨어졌다. 하지만 밧줄은 이미 살 안으로 파고들고 있었다. 여인의 이마에 푸른 부정맥이 거미줄처럼 솟아났다. 동공이 튀어나올 듯 팽창하고, 혓바닥이 내밀어졌다. 아이는 눈을 뒤집고 경기를 일으켰다. 여인은 목을 쥐어뜯으며 무언가를 필사적으로 말하려고 했다.

"컥, 커억…!"

"응? 뭐라고 했느냐?"

카엔은 귀를 기울이며 물었다. 그 천연덕스런 얼굴을 보는 순간 나는 깨달았다. 저 애새끼가 커터맨과 동류라는 것을.

"히히히히!"

커터맨이 배꼽을 쥐고 웃었다. 여인은 감전된 것처럼 몸을 비틀어가며 빠르게 죽어갔다. 여기서는 카엔도 웃음을 참지 않았다.

"하하, 네 말을 도무지 알아들을 수가 없구나. 멈추고 싶지 않은 것이냐?"

여인은 잠깐을 더 버르적거리더니, 끝내는 움직임이 멎고 말았다. 가슴이 답답했다. 전력질주라도 한 사람처럼

숨이 잘 쉬어지지 않았다. 사람이 죽는 걸 보는 건 이게 처음이 아니다. 베로니카도 내 앞에서 사람을 죽였다. 하지만 이건 달랐다. 이건…… 아니잖아. 파티의 여흥으로 사람을 죽인다는 게 말이 돼?

커터맨이 앞을 보고 있어서 다행이다. 지금 내 얼굴이 어떤지 나조차도 모르겠다. 녀석에게 계속 연기를 해줄 자신이 없었다.

"이런, 죽어버렸군."

카엔은 맥 빠진다는 듯이 이마를 짚었다.

"하아. 나는 정말이지 호의를 베풀어주고 싶었거늘. 인간은 왜 이다지도 허약한 것일까."

"영주님, 시험을 해볼 기회는 아직 한 명 더 남아 있습죠."

"내 챔피언의 말이 실로 옳도다."

카엔은 다시 무릎을 치고 탄성을 냈다. 미치광이들의 희극을 보는 것만 같았다. 보고 있자니 나까지 돌아버릴 것 같았다. 놈들은 저 진실의 올가미가 뭔가 하는 살인도구를 어린애한테까지 써먹어볼 작정이었다. 찰나간 수많은 번민이 머리를 스쳐지나갔다. 커터맨의 등판이 훤히 열려있는 게 보였다.

어떡할까. 그냥 여기서 깽판을 내버려? 이때가 바로 라울이 말한 '적절한 타이밍'이 아닐까?

아니다. 지금 손을 쓴다면 커터맨과 영주의 부하들을 동시에 상대하게 된다. 우선은 커터맨과 손을 잡고, 영주부터 제거하는 게 계획이었다.

"영주님, 죄인이 의식을 잃었습니다."

병사가 난감해하며 보고했다. 아이는 경기 끝에 혼절하고 말았다. 나는 그 애가 일어나지 않기를 간절히 기도했다. 제발 일어나지 말아다오. 그리고 미안하다. 이런 쓰레기 같은 세상을 만들어줘서.

"흥이 깨지는구나. 이럴 경우에는 어떡해야 하는가, 챔피언?"

"말을 못하니 시험을 계속하기에는 어려워 보이는데요."

"그렇지. 흐음."

"그러면 하던대로 해야지 않을까요?"

"그대의 말은 법을 집행하라는 뜻이렷다?"

"예에, 바로 그거죠. 히힛."

"옳도다. 결과에 따라 신의 뜻을 반영한다고 했으니, 그것이 순리가 아니겠느냐."

순리라고? 어미 잃은 아이한테 곤장을 치는 게 순리라고?

"영주님, 이번에는 제게 기회를 주시죠."

"그것도 좋다. 오랜만에 좋은 구경을 하겠구나."

커터맨은 자리를 밀고 일어나 어깨를 풀었다. 나는 엄지손가락을 입에 넣고 힘껏 깨물었다. 아릿한 고통과 함께 짠맛이 났다. 뭔가 해야 했다. 내가 나르바하로 오고 나서 무언가를 해야 했다면, 그것이 바로 지금이었다. 나는 기도를 집어치웠다. 처음부터 기도 따위는 필요 없었다. 그래, 나는 세계의 실체를 알고 있었어. 신은 방관자일 뿐이라고.

"컥!"

커터맨은 믿을 수 없다는 듯 나를 돌아보았다. 장검이 녀석의 척추를 관통해 복부를 뚫고 튀어나왔다. 검손잡이를 쥔 손에서 뼈와 살을 꿰뚫는 감촉이 내달려 대뇌를 흔들어놓았다. 나는 녀석의 팽창한 눈동자를 마주보았다. 이곳에 들어오고 나서 처음으로 음악이 끊겼다. 소녀들은 비명을 지르고, 악단은 악기를 내던지고 나동그라졌다. 나는 두 손에 힘을 힘껏 주었다. 그리고 녀석의 흐릿해지는 눈동자를 노려보며, 검날을 위로 서서히, 굼벵이가 기어가듯 서서히 올려그었다.

"끼야악!"

피, 엄청난 피.

나는 피를 왕창 뒤집어쓴 채로 히죽이며 말했다.

"팔십 점."

라울, 이거 니가 주문한 연기 맞지?

"모조리 죽여라!"

섬뜩한 고함이 터져 나왔다. 부하들은 일찌감치 자리를 잡고 있었다. 열 명의 부하들이 한꺼번에 무기를 뽑으며 가까운 흑사자대원들을 격살했다. 홀은 삽시간에 아수라장이 되었다. 검광이 곳곳에서 번뜩였고, 선혈이 바닥을 어지럽혔다.

나는 졸개들을 무시하고 곧장 카엔에게로 걸어갔다. 녀석은 철석같이 믿었던 챔피언이 두 쪽이 나자 충격이 큰 것 같았다. 녀석은 의자의 팔걸이를 움켜쥐고 사색이 되어 소리쳤다.

"뭐, 뭣들 하느냐! 저놈을 막아라!"

흑사자대원 다섯 명이 달려와 내 앞을 가로막았다. 척 보기에도 상당한 고수들이었다. 검을 겨눈 자세, 보법, 그리고 살기 충만한 눈빛까지. 사람 한둘 죽여본 자들이 아니었다.

"비켜!"

나는 디딤발을 내딛으며 검을 크게 횡으로 휘둘렀다. 맨 앞에서 달려오던 놈이 달려오던 기세 그대로 바닥에 처박혔다.

"조심해라! 힘이 센 놈이다. 검을 막지 말고 피해라."

놈들은 눈빛을 교환하더니 빠르게 내 앞뒤를 포위했다. 어깨 너머로 카엔이 도망치려는 게 보였다. 마음이 다급해졌다. 여기서 저놈을 놓친다면 쿠데타는 실패나 다름없었다. 나는 손해를 감수하고 녀석들의 간격 안으로 뛰어들었다.

"죽고 싶지 않으면 꺼져!"

나는 순식간에 세 명의 목숨을 추가로 앗아갔다. 나도 멀쩡하진 않았다. 팔과 옆구리에 깊은 자상을 두세 군데 입었다. 나머지 두 놈은 무기를 거두고 도망갔다. 어차피 용병인 놈들, 고용인을 위해 목숨까지 바칠 의리가 있을 리 만무했다.

'영주는?'

만약 카엔이 영주공관의 비밀통로로 피신했다면 그땐 답도 없다. 카엔은 이미 옥좌를 뜬 상태였다. 황급히 고개를 돌리던 나는 뜻하지도 않던 장면을 보게 되었다.

"이 돼지같은 년들이 감히 누구에게!"

벽의 비밀통로는 작동되었다. 그러나 카엔은 도망치지 못했다. 녀석을 쓰러뜨린 건 다름아닌 춤을 추던 소녀들이었다.

"네년들 모두 흑사자의 노리개로 만들어주마! 가축 우리에서 하루에 백 명씩 남자를 받게 될 거다. 그때 가서야 지금이 행복했다는 걸 알게 되겠지, 하하하!"

카엔은 다리가 삐었는지 주저앉아 벽에 기댄 채로 소리만 빽빽 질러댔다. 기고만장한 태도와 달리 꼼짝도 못하는 게 상당히 아픈 모양이었다. 나는 소녀들에게 다가갔다. 그녀들의 리더로 보이는 건 재판을 주도했던 은발 머리의 여자아이였다.

"너는…."

"은인께 인사드립니다."

소녀는 내게 고개를 꾸벅 숙였다. 나는 그녀의 눈빛에 홀린 듯 빨려 들어갔다. 목숨을 건 사람의 눈. 내 평생 처음 보는 눈이었다.

"올가입니다. 이 다음엔 무엇을 해야 하는지 가르쳐주세요."

그녀는 두려워하고 있었다. 목소리의 떨림을 숨기지 못했다. 당연히 무서울 것이다, 그녀는 방금 살아온 인생을 송두리째 엎어버릴 수 있는 결단을 내렸다. 곳곳에서 사람이 죽어가고, 그녀의 주인은 아직도 앞에서 패악을 부리고 있다. 나는 그녀가 침착할 수 있도록 차분한 목소리로 말했다.

"세엘이라는 아이를 돌봐줘. 깨어나면 보살핌이 필요할거야. 그리고 도망치지 못하게 영주를 지켜봐야해. 밉더라도 지금은 녀석이 필요하니까."

"아이는 저희가 잘 돌볼 수 있어요. 하지만 감시를 잘할 수 있을지는…… 무기라도 구해야 할까요?"

나는 아직도 떠들고 있는 카엔의 멱살을 움켜쥐었다.

녀석은 한 대 맞는줄 알았는지 목을 거북이처럼 움츠렸다.

"히익!"

"좀 쉬고 있어라."

나는 녀석의 복부에 주먹을 꽂았다. 놈은 코와 입에서 피를 격하게 내뿜으며 늘어졌다.

미안, 아직 힘조절에 익숙하지 않아서.

"이러면 감시하기 쉽겠지."

"감사합니다."

"감사는 아직 일러. 일이 꼬이면 지금 선택을 후회할 수도 있으니까."

"후회하지 않아요. 희망을 보여주신 것만으로도 충분해요."

올가는 어슴푸레 웃었다. 목숨마저 초월한 의지가 가녀린 몸을 지탱하고 있었다. 나는 그녀를 물끄러미 바라보다가, 가만히 내 손을 올려보았다. 손의 떨림이 잦아들고 있었다. 나는 내가 떨고 있었는지조차 모르고 있었다.

'고마워, 올가.'

나는 주먹을 꽉 쥐었다. 내게는 절실하게 확신이 필요했었다. 내가 미친놈이 아니라는 확신. 그녀의 웃음이야말로 내가 갈망하던 바로 그것이었다.

"곧 돌아올게."

"은인의 무운을 빕니다."

나는 그녀들을 뒤로하고 전선으로 되돌아갈 차비를 했다. 동행시킨 부하는 열 명밖에 안되지만, 이곳에 주재하는 흑사자대원의 수는 오십 명이 넘었다. 영주 직속의 순찰대까지 합치면 백 명도 넘을 것이다. 라울이 '적절한 타이밍' 에 나타나기 전까지 이 전선을 유지하는 게 내 임무였다.

한 가지 불만이라면 돌격창술을 쓰기에 장검이 너무 약하고 짧다는 거였다. 언월도만 가지고 왔어도 아까의 다섯 놈쯤은 상처조차 없이 베어버렸을 것이다.

"이게 무슨 일이냐!"

갑자기 왼쪽 통로에서 불호령이 들려왔다. 군홧발 소리와 함께 병사들이 쏟아져왔다. 나는 장검을 들어 그들을 경계했다. 모두 스무 명, 그러나 전사가 아닌 평범한 영지병이다. 스무 명 정도면 나 혼자서도 충분히 처리할 수 있는 숫자였다.

"이게 대체 무슨 일이냐? 영주님께선 왜 쓰러지셨고?"

병사들에겐 인솔자가 있었다. 구렛나루를 인상 깊게 기른 귀족풍의 장년인이 올가를 다그쳤다. 그는 영주의 가신인 듯했다. 올가는 예상치 못한 사태에 당황해서 우물

쭈물했다.

"그건 제가 말씀드리겠습니다."

나는 장년인의 앞으로 나섰다. 잘하면 이 상황을 반전시킬 수 있을지도 모르겠다.

"네놈은 뭐냐?"

"저는 테나단이라고 합니다. 저는 영주님과 계약한 백은 전사대의 멤버입니다."

"백은 전사대? 그런 전사대의 이름은 금시초문이다."

"신생 전사대입니다. 시간이 없으니 짧게 말씀드리겠습니다. 흑사자 전사대가 변절했습니다. 영주님의 재산을 탐해 갑자기 기습을 해왔습니다. 그게 지금의 상황입니다."

"마, 맞아요. 갑자기 사자 갑옷을 입은 용병들이 날뛰기 시작했어요."

올가가 나를 옹호해주었다. 나는 눈짓으로 그녀에게 고마움을 전했다.

"쯧, 그 버러지들이 변절하는 거야 시간문제였지. 내가 그렇게 말을 했는데도 듣지 않더니."

그는 혀를 차더니, 다시 내게 물었다.

"하지만 어째서 영주님이 무사한 거지? 다른 뜻은 없다만, 놈들에게는 커터맨과 락스톤이 있지 않나."

"락스톤은 성 외곽에서 병력을 이끌고 있을 겁니다. 커터맨은 홀에 있었습니다만 다행히 처리되었습니다."

"커터맨을 누가 처리할 수 있었단 말이냐? 이 영지에 그놈을 상대할 만한 실력자는 베로니카란 망나니 빼곤 없을 텐데."

"접니다."

내 짧은 말은 상당한 반향을 불러왔다. 마치 쓰레기와 대화한다는 듯, 노골적으로 날 깔아보던 눈빛이 즉시 변했다.

"흐음. 이건 기회일 수도 있겠군. 좋다. 뒤는 우리가 맡겠다. 모두 들어라! 흑사자 전사대가 반역을 일으켰다. 각 급 부대에 널리 전파하고, 보이는 즉시 주살하라!"

"알겠습니다!"

"부관은 나를 대신하여 현장을 지휘하도록. 나는 영주님을 모시겠다."

영주병들은 열을 지어 홀을 나갔다. 나도 흩어지는 병사들을 막 따라가려고 할 때였다.

"자네는 남아있게."

"예?"

"자네마저 가면 영주님은 누가 지키나?"

"그런 건 부하를 시키셔도…."

"안 돼. 놈들은 반드시 영주님의 목을 노리러 올 걸세. 강한 전사가 있어줘야 안심이 되지 않겠나."

"그러시다면."

나는 순순히 검을 집어넣었다. 지금은 놈에게 맞장구쳐 주는 게 좋을 것 같다. 원래라면 우선 흑사자와 손을 잡고 영주파를 제거하는 게 계획이었지만, 반대가 된 상황이 아이러니했다.

'라울도 잘하고 있겠지?'

나는 라울이 정확히 어떻게 오천 명의 영지병과 백 명의 전사대를 컨트롤하겠다는 건지 구체적인 얘기는 듣지 못했다. 녀석은 내게 메인 홀을 장악하라고 주문했을 뿐이었다. 이놈들이 살인쇼를 벌이는 바람에 갑작스럽게 계획이 변경된 게 신경이 쓰였다. 아무쪼록 모두 녀석의 계산 속이길 바랄 따름이다.

홀은 나와 여자들, 그리고 가신 아저씨. 이렇게만 남았다. 공관 앞에서 싸우는 소리가 들려오긴 했는데, 당장 여기로 적이 난입할 기미는 없어보였다. 나는 한숨을 돌리며 올가에게 다가갔다. 그녀는 경기를 일으키고 기절했던 세엘을 품에 안고 있었다. 상황이 잘 풀리면 그 아이를 어떻게 해야 하는지 얘기를 나눠둬야했다.

"올가, 잠깐만."

"예."

그녀가 나를 돌아보았다. 그런데 그녀의 표정이 이상했다. 마치 못 볼 거라도 본다는 듯한 표정이었다. 짧은 순간 별 생각이 들었다. 이제와서 새삼스레 놀랄 것 같진 않은데, 뭐 그런 생각.

"피해요!"

등 뒤에서 서늘한 감각이 엄습해왔다. 그녀가 채 말을 완성하기 전에 나는 몸을 틀고 있었다. 그러나 놈이 일초 정도 더 빨랐던 것 같다.

"꺄아아악!"

"어째서……."

뒷말이 이어지지 않았다. 식도를 타고 뜨거운 것이 역류했다. 나는 울컥 피를 게워내고 아래를 내려다보았다. 장검이 배를 뚫고 삐죽 튀어나와 있었다.

격통에 머리가 타버릴 듯했다. 그러나 고통보다 더한 충격이 내 의식을 일깨웠다. 마치 주마등처럼 어떤 비전이 눈앞을 스치고 지나갔다. 등 뒤에서 찔러진 검에 몸이 둘로 쪼개졌던 커터맨의 최후. 그때와 너무나 비슷한 상황이 재현되고 있었다. 나는 입술이 터져나가라 이를 악물었다. 그리고 필사의 힘을 담아 검을 뒤로 휘둘렀다.

"큭!"

검 끝에 걸리는 느낌이 있었다. 하지만 얕았다.

"당신이 왜……."

나사가 빠진 듯 다리 힘이 풀렸다. 나는 옆의 기둥에 의지하여 간신히 몸을 세웠다.

"어째서냐고?"

장년인은 여유작작한 포즈로 검에 묻은 피를 털었다. 이해가 가지 않았다. 왜 그가 날 찌른 거지? 설마 내 정체를 알고 있었나?

놈은 날 조롱하듯 어깨를 으쓱였다.

"말했지 않나. 이건 기회일지도 모르겠다고."

"필라프 로젠트님! 이분은 적이 아닙니다!"

"천한 계집이 어디서!"

"꺅!"

중년인은 올가를 난폭하게 걷어찼다. 나는 올가의 입에서 그의 이름을 듣고 비로소 정황을 깨달을 수 있었다.

"하, 하하. 그렇게 된 거였네."

실소가 나왔다. 저놈은 카엔과 같은 로젠트 가문이었다. 아마도 삼촌뻘쯤 되겠지. 녀석이 원하는 건 카엔을 구하는 게 아니었다. 녀석은 카엔을 죽이고 자신이 영주가 될 속셈이었다. 그런 음흉한 계략을 현장에서 즉석으로 떠올리고 실천하다니, 조카나 삼촌이나 막장 아닌 놈이 없었다.

상처를 틀어막은 손가락 사이로 피가 위험하리만치 새고 있었다. 좋지 않다 이건, 정말로.

"돌이켜보면 세월이 길긴 했어. 형님이 돌아가시고 마땅히 내게 왔어야 할 자리가 주제도 모르는 어린놈한테

갔을 때, 나는 이 빌어먹을 촌구석에 정의란 없다는 걸 깨달았지. 이제야 빚을 청산할 때가 온 거야."

필라프는 혈기가 서린 검을 내 명치에 겨누었다.

"여기서 네놈의 역할이 중요하다. 네가 커터맨을 죽였고, 영주를 죽였다. 네가 모든 죄를 가지고 가는 거다. 계집들은 하는 걸 봐서 죽이지 않을 수도 있다. 천한 년들의 증언 따위 믿어줄 사람은 아무도 없으니까. 아쉽게 생각하진 마라. 어차피 용병으로 떠돌다가 버러지같이 죽었을 목숨, 고귀한 혈통을 위해 쓰일 수 있다면 네 삶도 그리 덧없지는 않을 터."

"닥쳐, 임마."

필라프의 눈썹이 꿈틀거렸다. 그래, 화를 내라. 하지만 말야. 나는 배가 아파 죽겠거든. 아픈 만큼 화도 난단 말이다. 이 자식아!

"고귀한 혈통이라니, 웃기고 자빠졌네. 조카를 살해하겠다고 떠드는 놈이 잘도 고귀란 말을 입에 담네. 너는 자식아. 귀족도 뭣도 아니야. 너야말로 버러지야. 버러지가 달리 버러지겠어? 살아있는 것만으로도 인간에게 해로우니까 버러지지. 너 같은 놈을 난 해충이라고 불러."

"그 입 다물지 못할까!"

필라프는 검을 곧게 펴고 내 중단을 찔러왔다. 놈은 흑사자대원보다 두어 수 윗줄의 검사였다. 스피드, 완력, 기교, 무엇 하나 처지는 게 없었다.

그래, 믿는 구석이 있었단 말이지.

“죽어! 죽어라! 너만 죽으면 된다!”

놈의 검술은 눈으로 따라가기도 힘든 쾌검이었다. 나로서는 막는 게 고작이었다. 아니, 점점 막는 것조차 힘들어졌다. 검을 쥔 그립이 땀으로 미끄러웠다. 이제 고통은 느껴지지도 않았다. 아드레날린이 활화산처럼 분출하고 있었다. 분출하는 아드레날린과 함께 이성도 휘발될 것만 같았다. 나는 다음 공격을 피하지 않았다.

“뭣? 이, 이런 미친…!”

놈의 공격은 훌륭했다. 최대한 비껴 맞았는데도 왼쪽 팔뚝에 뼈가 드러날 만큼 깊은 자상이 남았다. 그러나 팔을 가져간 대신 녀석은 내게 멱살을 내주고 말았다. 그거면 된 거다. 나는 놈을 향해 씩 웃어주었다.

“크악!”

나는 놈의 갑옷 상판을 강하게 쥐고 확 끌어당겼다. 놈은 코뼈가 으깨진 채 비명을 질렀다.

“어떠냐? 이건 내 전용기, 박치기라는 기술이다!”

하지만 두 번은 못하겠다. 내 이마도 같이 쪼개지는 줄 알았거든. 나는 이번엔 오른주먹으로 놈의 턱주가리를 돌려버렸다. 나는 복싱을 배운 적이 없다. 테나단도 맨손격투기를 배우진 않았다. 그러나 이 거리에서 무방비한 상대를 대상으로는 완력이 곧 기술이요 흉기였다. 이가 최소 세 개는 날아갔다고 확신했다. 필라프는 술 취한 사람처럼 비틀거리더니 무릎을 꿇고 쓰러졌다. 나는 놈의 목에 검날을 갖다 대었다.

"너무 아쉽게 생각하진 마. 어차피 남 괴롭히며 해충처럼 살다갔을 목숨이잖아. 이 도시를 위해 쓰일 수 있다면 당신 삶도 그리 덧없지는 않겠네."

"헉……. 헉……."

필라프는 허망한 눈으로 날 올려다보았다. 이해한다. 뒤에서 날 찌를 때에는 세상을 다 가진 것 같았겠지.

"네깟 놈이…… 네까짓 놈이 날 죽일 수 있을 성 싶으냐."

"그게 당신 유언이야?"

"감히 네까짓 놈이! 나 필라프 로젠트르을!"

나는 놈의 목을 날려버렸다. 이번에도 피가 진득하니 튀었다. 나는 인상을 찌푸리며 고개를 돌렸다.

"으으으, 나 죽네."

이젠 정말이지 서있을 힘도 없었다. 정확히는 살아있을 힘도 없다겠지만. 나는 옆구리를 감싸며 바닥에 드러누웠다.

"은인님!"

올가와 그녀를 따르는 소녀들이 내 주변을 둘러쌌다.

다들 내 또래 같은데, 하나같이 민망한 속옷차림이라 눈을 어디다 둬야할지 민망했다. 나 라울이 여기 있었으면 뭐라고 했을지 알 것 같아.

"상처가 너무 깊어요."

"잠깐. 너희들 뭐하는 거야?"

올가가 갑자기 브래지어를 벗었다. 나는 당황해서 눈을 감으며 소리쳤다.

"가만히 있으세요. 지혈을 해야 하니까."

다른 소녀들도 따라 옷을 벗는 것 같았다. 옷감이 사각사각 스치는 소리가 났다. 이어서 따뜻한 손길이 내 상완에 닿았다. 나는 죽어가는 와중에도 낯뜨거운 시츄에이션에 뺨을 붉혔다. 브래지어로 만든 압박붕대라니, 이것도 소설에선 다룬 적이 없는 아티펙트인걸.

"아, 아야야. 나 죽어."

"조금만 참으세요."

강한 척을 하고 싶었는데 입이 따로 놀고 있었다. 올가는 내 머리를 허벅지 위에 올려두고 이것저것 치료시도를 해보는 것 같았다. 연회에 쓰인 향초라던가 허브 중에서 약으로 쓸 수 있는 것도 있는 모양이었다. 나는 그녀들의 손길에 완전히 몸을 내맡겼다. 올가에게서 좋은 향기가 났다. 라벤더인가, 여자애들은 다 이렇게 향기가 나는 걸까?

"이야, 그림 좋은데?"

경박한 감탄사가 들려왔다. 입구쪽이었다. 나는 기력을 쥐어짜내 몸을 일으켰다. 열댓 명의 사내들이 홀 안으로 들어오고 있었다. 모두 흑사자 마크가 새겨진 갑주를 입은 자들이었다. 갑옷은 광택을 낸 듯 피로 번들번들했고, 베어낸 사람 머리를 들고 들어온 놈도 있었다.

'내 부하들과 필라프의 부하 모두 당해버렸군.'

당연하다면 당연한 결과인데 입맛이 썼다. 남을 죽이는 것만큼이나 안면을 튼 사람이 죽는 것도 익숙지 않았다.

"미소녀 하렘이라. 아주 팔자가 늘어지셨네. 치사하게 그런 거 혼자 누리지 말라고."

흑사자 놈들은 모두 열여덟 명이었다. 내가 몸이 멀쩡했다면 해볼 만한 승부겠는데, 지금은 도저히 살아남는다는 보장이 없었다.

"올가."

"네."

"도망가. 여긴 내가 맡을 테니."

인간은 사선을 넘으며 성장한다. 나도 내가 이런 말을 하게 될 날이 올 줄 몰랐다. 나는 올가의 까만 눈동자를 직시하며 말했다.

"공관의 비밀통로로 들어가. 안에서 입구를 여닫는 장치가 있을 거야. 그걸로 문을 닫고, 가능한 한 가장 멀리

도망가. 그리고 여기서 일어난 일은 잊고 살아. 애는 부탁할게."

"하지만…."

"그냥 가!"

"가봤자 헛수고다. 비밀통로도 이미 우리가 장악했으니까."

다른 흑사자대원보다 머리통 하나는 더 클 법한 거한이 앞으로 나섰다. 각이 진 어깨와 턱이 마치 산이 움직이는 듯했다.

"뭘 그리 쳐다보나? 우리가 이곳을 접수한지 오 년도 넘었다. 통로 하나쯤 파악하지 못했을 거라 생각한 건가."

녀석은 흑사자대의 부장급쯤 될 것 같다. 부장이 하나 껴있다면 더더욱 승산이 낮아진다. 속이 바짝바짝 탔다. 나 하나 죽을 각오야 애저녁에 마쳤는데, 나는 여기서 죽어선 안 되는 사람이니까. 내 어깨에는 올가와 소녀들, 어머니를 눈앞에서 잃은 세엘의 목숨이 얹혀있다. 나아가 라울과 함께한 오백 명의 부하들, 그리고 이 도시의 명운까지도 짊어지고 있어.

"내 뒤에 모여 있어."

나는 빰을 두들기며 기합을 넣었다. 그래, 나는 결코 시시하게 죽지 않겠다. 그렇게는 죽어줄 수 없다.

"다 덤벼봐. 명년 오늘이 네놈들 제삿날이니까."

"허세를 부리는군. 너는 서있을 힘조차 없다. 용기는 가상하다만."

거한은 내 마음을 꿰뚫어본다는 듯 단정했다.

"허세? 글쎄. 죽은 네놈들 대장도 그 말에 동의할진 모르겠는데."

"커터맨님 말인가?"

"덤으로 필라프란 놈도 하나 있었지. 여기저기 조각이 굴러다니니까 잘 찾아봐야 할 거야."

"대장님과 필라프를 저놈이 쓰러뜨렸다고?"

흑사자대원들은 놀라움을 감추지 못했다. 두 이름이 가진 효과는 컸다. 필라프도 실력으로 보아 목소리만 큰 허당 귀족은 아니었다. 영주 직속 무력단체의 장급 인물은 됐을 것이다.

"내가 충고 하나 해줄까? 글을 써봐서 아는데, 소설에서는 상대를 얕보는 놈들이 꼭 제일 먼저 죽더라."

"조용! 동요하지 마라. 간교한 수작이다."

"칸지, 하지만 정말 저놈이 대장님을 이길만한 실력자라면…."

"멍청한 놈들! 네놈들 대가리는 장식이냐? 놈이 멀쩡하다면 애초에 여자들보고 도망가라고 하지도 않았겠지. 저놈은 지금 전투불능 상태나 다름없다. 출혈량을 봐라. 피는 거짓말을 하지 않는다. 피를 흘린다는 건 죽일 수도 있다는 뜻이다."

"맞아, 피는 거짓말을 하지 않지. 그러면 이제 이 피가 누구 피인지만 알아내면 되겠네."

나는 낄낄대며 놈들을 도발했다. 이 몸을 쉽게 보지 말란 얘기야. 이래봬도 화술에 25포인트나 투자한 남자라고.

그러나 칸지는 내 도발에 미동도 않았다. 녀석은 나무등걸처럼 우람한 팔뚝을 꼬아 팔짱을 끼더니, 짧게 명령했다.

"대머리, 생쥐. 가서 저놈의 목을 베어라."

흑사자대 두 명이 앞으로 나섰다. 내게는 최악의 전개였다. 졸개들로 내 힘을 떠보겠다는 거겠지. 두 대원은 좌우로 나뉘어 신중하게 접근했다. 도발이란 도발을 다 했더니 눈빛이 비장하기 그지없었다.

아 엿됐네. 왼팔이 확실하게 고장이 난 것 같은데. 그렇다고 엄살을 피울 수도 없었다. 얕보이지 않으려면 밑천을 다 끌어내는 수뿐이었다.

"히야압!"

두 놈이 좌우측에서 동시에 대시해왔다. 나는 눈을 부릅떴다. 급소, 타이밍, 그런 건 다 개나 줘버렸다. 오직 벤다, 전심전력으로!

무협에서나 나올 법한 검풍이 고막을 강타했다. 흡사 산울림을 연상시키는 무시무시한 소리였다. 녀석들은 반사적으로 방어동작을 취했다. 그것이 결정적인 실수였다. 테나단은 거인의 힘을 타고났다. 어설프게 막으면 죽는다!

"끄악!"

비명이라도 지를 수 있었던 쪽이 운이 좋았다. 먼저 베인 놈은 처참하기가 시체를 회수하기도 겁날 지경이었다. 닿는 모든 걸 부셔버리는 완력이 없고서는 불가능한 공격이었다.

무리한 만큼 반작용도 엄청났다. 간신히 지혈해놓은 상처가 다시 벌어졌다. 그러나 이 난무하는 피보라 속에서 어느 것이 내 피인지 알아내긴 힘들겠지.

"소설의 법칙 두 번째."

나는 얼굴에 튄 핏방울을 닦으며 천연덕스럽게 말했다.

"조무래기는 어쨌든가 죽는다."

장내는 고요했다. 온통 피칠갑을 한 풍경에 판타지풍의 검사들 하며. 마치 볼륨을 끈 싸구려 뮤직비디오를 보는 것 같았다. 정적을 깬 건 역시나 칸지라는 거한이었다.

"아무래도 네가 대장님을 죽였다는 건 사실인 것 같군."

"정답."

"하지만 내 눈은 틀리지 않았다. 너는 부상을 입은 몸이다. 복부에도 상처가 있고, 무엇보다 왼팔을 전혀 쓰지 못하더군."

하, 예리한 자식.

"맞아. 저놈 딱 봐도 왼팔이 맛이 간 거 같은데?"

"왼쪽만 공략하면 이길 수도 있지 않을까?"

"이길 수도, 반대로 너희들이 죽을 수도 있지. 하지만 뭣하러 그런 모험을 하겠어? 너희들은 용병이잖아. 그러니 같잖은 흉내는 집어치우라고. 언제부터 너희들이 주인을 따라 순절하는 개가 되었냐? 여기서 싸우다 죽으면 누가 너흴 위해서 비석이라도 세워줄 줄 아냐? 니들이 진짜 용병이라면 누울 장소 정도는 가릴 줄 알아야지."

"멋대로 떠드는군. 너는 우리를 모른다. 왜 우리가 싸우냐고? 빈손으로 물러날 수 없기 때문이다. 죽음을 금화로 셈하는 게 용병이다. 우린 아직 거둬들일 몫이 남아 있다!"

"옳소!"

"다 죽이고 다 뺏어버리자고!"

기껏 기를 죽여놓은 걸 말 몇 마디로 기세등등하게 만들다니. 인정하기 싫지만, 녀석은 화술에선 나보다 한 수 위였다.

"전원! 놈의 오른쪽에 공세를 집중하라."

칸지는 등에서 내 몸통만한 양손검을 꺼내들었다.

"놈의 왼쪽은 나 혼자 맡겠다."

설상가상이군. 절체절명이 더 어울리려나. 나는 소녀들을 돌아보았다.

"저희들은 괜찮아요."

그녀는 이미 스스로를 버릴 각오가 되어 있었다. 따르는 소녀들도 마찬가지였다. 나는 짧은 순간 그녀들 모두와 눈을 마주쳤다. 눈빛만 봐도 알 수 있었다. 상황이 이렇게 절망적인데도, 그녀들은 내가 기적을 일으켜주길 간절하게 바라고 있었다. 진짜 하늘이라도 쪼개주길 바라고 있다고.

"칼트시여, 서른여섯 선신이시여."

올가는 두 손을 가슴께에 꼭 모으고 기도를 올렸다. 나는 올가의 어깨를 잡았다.

"테나단."

"예?"

"서른여섯 신이 아니야. 테나단. 그게 내 이름이야."

"아……."

그녀는 나를 멍하니 바라보다가, 황급히 무릎을 꿇었다.

"테나단님, 부디 무운을!"

나는 그녀의 머리를 가볍게 쓸어넘겼다. 어쩌면 이것이 내가 느끼는 마지막 온기가 될 지 모른다는 심정으로.

"다녀올게."

나는 허리를 굽혀 땅에 떨궈진 검을 집었다. 검에서 어두운 기운이 먹물처럼 뚝뚝 떨어졌다.

"블랙하트!"

누군가가 알아보고 소리쳤다. 그래. 이건 너희들의 주인이 쓰던 검이다. 정령이 깃든 마법검.

명인은 도구를 탓하지 않는다는 말이 있다. 그거 순 뻥이야. 명인이 좋은 도구까지 쓰면 그때는 날아다닌다고.

나는 검을 사선으로 늘어뜨리고, 녀석들에게 까딱 손짓을 했다.

"덤벼라."

"쳐라!"

놈들이 돌진해왔다. 마치 사바나 들소떼의 약진을 보는 것 같았다. 나도 기다리고 있지만 않았다. 정면으로 마주 달려갔다. 등 뒤에 지켜야 할 여자들이 있다. 한 놈도 흘려보내선 안됐다.

격렬한 찌르기, 그리고 베기. 그리고 찌르기와 베기의 연속. 비명도 나오지 않았다. 우리는 부딪히고 또 부딪혔다. 갑옷이 부숴지고 살점이 튀었다. 한 놈 한 놈을 쓰러뜨릴 때마다 명줄이 깎여나가는 느낌이었다. 놈들은 정말이지 집요하게 내 오른쪽만 후벼팠고, 그럴 때마다 칸지의 대검이 빈틈을 노렸다. 빌어먹게도 완벽한 합공이었다.

"헉…. 헉……."

숨소리가 이상했다. 가슴에 칼침을 맞은 후부터 기도에서 바람이 새고 있었다.

"죽어라!"

"그만 쓰러져라!"

놈들은 저주를 퍼부으며 나를 두들겼다. 나는 그야말로 악을 발휘했다. 죽이고 죽이고, 또 쳐죽였다. 핏방울이 튀어 왼쪽 눈이 흐릿했다. 그 틈을 놓치지 않고 칼날이 두엇 밀고 들어왔다. 나도 그 틈을 놓치지 않았다. 내게 손댄 놈은 토막이 난다. 그것이 이 전투의 유일한 법칙이었다. 그러나 그것도 언제까지 계속될 수는 없었다. 열한 번째 놈부터 몸이 말을 듣지 않았다. 발에 추라도 올려놓은 것만 같았다.

"허억!"

이때의 칸지의 공격은 도저히 어찌할 수 없었다. 나는 양손검에 옆구리를 얻어맞고 바닥을 뒹굴었다.

"너는 훌륭히 싸웠다. 진심으로 경의를 표한다."

칸지는 급하지 않은 걸음으로 내게 다가왔다. 나는 땅을 짚고 일어서려했다. 하지만 쉽지 않았다. 한번 넘어지니 접착제라도 바른 듯 바닥에서 몸이 떨어지질 않았다. 나는 혀를 독하게 깨물었다.

"크으으…."

어떻게든 일어섰다. 그러나 손이 허전했다. 놈의 공격을 막으면서 블랙하트를 놓쳐버린 것 같았다.

"헤헤."

고통이 극한에 도달하면 뇌내 마약인 엔돌핀이 분비된다고 한다. 지금 내가 즐거운 건 그것으로밖에 설명할 길이 없었다. 나는 굴러다니는 메이스를 하나 집었다. 손에 맞는 건 없어도, 사방에 널린 게 무기였다.

"왜냐."

칸지는 갑자기 내게 질문을 던져왔다.

"이해가 되지 않는군. 너 정도의 남자가 왜 이런 천한 여자들을 위해 죽음을 자청하나. 살고자 했으면 얼마든지 살아나갔을 수도 있었을 텐데."

"바로 그 주둥이 때문이야."

"뭐라고?"

"너 같은 쓰레기가 선량한 사람들을 천하다고 말할 수 없는 세상. 그게 내 꿈이걸랑."

녀석은 잘못 들은 게 아닌가하는 표정이었다. 그것도 잠시, 놈은 나를 비웃었다.

"그렇군. 과연 숭고하구나. 하지만 네 꿈은 여기서 끝인 것 같다."

칸지는 대검을 높이 쳐들었다. 저건 못 피할 것 같다. 칠십, 아니 팔십 퍼센트의 확률로. 여자들의 울음소리가 들려왔다. 미안했다. 죽음의 두려움보다, 이것밖에 못해 주고 죽는다는 미안함이 더 컸다.

젠장. 진짜 나는 여기까지밖에 안 되나? 나는, 소설의 주인공이 아니었던가? 나는…!

"멈춰라."

차가운 목소리가 회랑에 울려 퍼졌다. 연이어 홀 안의 촛불, 화로, 불이란 모든 불이 요동치기 시작했다.

"뭐, 뭐냐? 마법인가?"

"불이?"

흑사자 대원들은 당황해서 갈팡질팡했다. 피부가 찌릿찌릿했다. 이 터무니없이 막대한 마력. 친숙한 느낌이었다. 눈앞에서 마치 꽃이 개화하듯 수천 조각의 불꽃이 모여들어 소녀의 실루엣을 만들어냈다. 나는 조용히 그녀의 이름을 불렀다.

"베로니카."

그녀는 나를 흘긋 돌아보았다. 눈썹을 치켜뜬 게 어쩐지 화가 난 듯했다.

"엉망진창이군."

"아아, 제때 와줬어 진짜."

라울이 말한 '적절한 타이밍'의 뜻을 이젠 알겠네.

"너 같이 말하는 남자는 처음 본다."

"뭐? 너 설마 다 듣고 있었어?"

"쉬어라. 여긴 내가 맡겠다."

그녀의 뒷말은 너무 조그마해서 잘 들리지 않았다.

"대장."

그녀가 날 대장이라고 부르다니, 귀도 고장이 난 줄 알았다. 이건 무슨 심경변화일까?

"카, 칸지. 저 여자는…."

"알고 있다."

칸지와 여섯 명의 흑사자 대원들은 주춤주춤 뒤로 물러섰다. 그녀는 방금 불꽃으로 전신을 만들어내는 진기명기를 보여주었다. 동화율 100%의 최상급 정령술사란 뜻이다. 아무리 칼을 쑤셔 넣는다한들, 인간이 어찌 불을 이기겠냐?

"너희는 큰 죄를 지었다."

그녀의 붉은 머리카락이 바람을 맞은듯 너울거렸다. 실내의 온도가 급상승했다. 마치 사우나에라도 들어온 것만 같았다. 칸지의 안색이 대번에 나빠졌다. 녀석은 알고 있겠지. 이만한 실력자가 보여줄 수 있는 '전용기'라는 것을.

"목숨으로 사죄하라."

"쳐, 쳐라! 기술을 끊어라!"

"발화."

그녀는 양 손바닥을 가슴 앞에 교차시키더니, 흑사자 대원들을 향해 검지와 중지를 내밀었다.

"끄아아악!"

흑사자들은 발치에서 솟아오른 불길에 잡아먹혔다. '먹혔다'는 표현이 이렇게 어울리는 장면도 드물었다. 비명은 오래가지 않았다. 입술이, 거죽이, 연이어 인체라 부를 수 있는 모든 유기물이 한 모금의 연기가 되었다. 가공하리만치 위력적인 기술이었다.

"흐으으……."

오직 단 한 명, 칸지만이 불길에 저항하고 있었다. 녀석도 나만큼이나 터프한 놈이었다. 놈은 불길에 휩싸인 채로 말라비틀어진 입술을 달싹거렸다.

"이게… 끝이 아니다……. 락스톤님이… 오시면…."

"녀석은 죽었다."

칸지의 눈이 크게 떠지는가 싶었다. 그게 마지막이었다. 마력은 탐욕스럽게 나약해진 정신을 불살랐다. 나는 짜부라드는 놈의 백골을 바라보며 전황을 유추해보았다.

'밖에서도 큰 싸움이 있었군. 베로니카가 락스톤을 처리했다면 흑사자 전사대는 쪽박찬 거나 마찬가지겠네.'

그러면 남은 것은 오천이나 된다는 영지병들인데. 그건

라울이…… 라울이?

어라.

나는 눈을 반복해서 깜박거렸다. 베로니카가 둘로 보이고 있었다. 왜 이러지?

나는 머리를 휘휘 흔들었다. 그래도 초점이 회복되지 않았다. 회복되긴커녕 더 나빠지기만했다. 모든 사물이 만화경처럼 끝없이 분열하고 있었다.

"테나단!"

누군가가 내 허리를 받쳤다. 베로니카였다. 기운만으로도 그녀임을 알 수 있었다. 나는 그녀를 의지해 일어서려고 했다. 그런데 도무지 몸이 말을 듣지 않았다. 정신이 한없이 나락으로 곤두박질쳤다. 나는 그렇게 의식을 잃어갔다. 아니면 죽었을지도.

⁂

"테나단님."

나는 천천히 눈을 떴다.

"테나단님, 정신이 드시나요?"

처음에는 은색 커튼이 드리운 줄 알았다. 나는 소녀의 얼굴을 멍하니 쳐다보았다. 사고력이 돌아오는 데는 시간이 좀 걸렸다.

"올가?"

"깨어나셨군요!"

그녀는 기쁜 듯 날 껴안았다.

"아, 아야. 잠시만, 아프다니까."

반사적으로 엄살을 떨던 나는 고통이 아까전만 못하다는 걸 깨달았다. 나는 올가의 도움을 받아 조금씩 상체를 일으켰다. 상처가 상당히 복구되어 있었다. 죽지 않았다는 것만으로도 누가 기적의 의술을 베푼 게 틀림없었다.

주변은 쓰러지기 전과 별 변함이 없었다. 특별히 누가 온 것 같지도 않았고, 혈흔이며 시체들이며 모든 게 그대로였다.

"올가, 내가 얼마나 뻗어있었어?"

"잠깐이에요. 저희들은 엄청 걱정했지만요. 깨어나셔서 정말 다행이에요."

올가의 눈에는 눈물이 글썽글썽했다.

"내가 어떻게 살아난 거지?"

"저분이 도와주셨어요."

나는 올가가 바라보는 방향으로 고개를 돌렸다. 날 둘러싼 소녀들 너머로 베로니카가 딴청을 피우고 있는 게 보였다.

"베로니카, 너 대체…."

어떻게 한 건지 물어보려고 했다. 그녀는 치유마법 같

은 건 익히고 있지 않으니까.

“가자.”

그녀는 여전히 날 외면하며 난데없이 말했다.

“가자니, 어딜?”

“널 기다리는 사람들이 있다.”

“아.”

그렇지. 전투는 아직 끝나지 않았겠구나.

“우리가 유리한가?”

“직접 보면 안다.”

“그래. 마무리를 지어야겠지.”

나는 바닥을 뒤져 놓쳤던 블랙하트를 찾아내었다. 종전의 전투에서 아티펙트 덕을 톡톡히 봤었지. 크게 힘을 들이지 않아도 쇠를 썩둑썩둑 잘라대는 게 날카롭기가 이루 말할 수 없었다. 청룡언월도가 만들어지기 전엔 이 검을 내 주장비로 사용해도 좋을 듯했다.

떠나기 전 올가는 말없이 내 손을 꼭 잡아주었다. 미치도록 불안할 것이다. 하지만 그녀는 우는 소리를 하지 않았다. 현명하고 강한 여자였다. 만약 모든 일이 성공적으로 끝난다면 그녀가 내 일을 도와줄 수도 있을지 모르겠다. 믿을 수 있는 사람 한 명이 아쉬울 때니까.

참 별난 일이다. 이 짧은 시간에 사람이 어떻게 이렇게까지 변할 수 있는지. 이곳에 들어올 때만 해도 나는 도살

장에 끌려가는 소의 심정이었다. 온갖 걱정이 머리에서 가시질 않았는데, 숱한 죽음을 체험하며 어떤 심리적 통과점을 넘은 것 같았다. 지금의 나는 완전히 다시 태어났다. 피, 죽음, 무엇으로도 흔들리지 않을 자신감에 충만했다.

나는 회랑의 문 앞에서 잠시 발걸음을 멈추었다. 눈부신 빛이 유리를 투과하여 들어오고 있었다.

아인슈타인이 시간은 상대적이라더니, 아직 정오도 지나지 않았구나.

"예감이 좋은데."

나는 그렇게 중얼거리며 문을 힘껏 열었다.

"역시."

공관은 이미 포위되어 있었다. 족히 수천은 되어보였는데, 모두 니바 시의 문장방패를 든 보병들이었다. 내 편이라고는 개미새끼 한 마리도 없었다.

"내가 그러면 그렇지."

라울 자식아. 대체 넌 뭘 한 거니?

나는 베로니카를 돌아보며 말했다.

"퇴로를 뚫어야겠는데, 할 수 있겠어?"

"기다려라. 저들은 널 적대하고 있지 않다."

그러고 보니 분위기가 묘했다. 포위진이라기보다는 무슨 사열식 같은 느낌이었다. 창을 다들 수직으로 세우고 있었다. 대열에서 두 남자가 이탈하여 내쪽으로 다가왔다. 한 사람은 익히 아는 면상이었다. 금발의 뺀질이, 라울이었다. 다른 사람은 마치 고대 그리스의 부조처럼 꼬불수염을 멋지게 기른 중년의 남자였는데, 입고 있는 갑옷으로 영주측 인물임을 추측할 수 있었다.

"대장! 무사하셨소?"

"내 꼴을 보고도 무사했냐는 말이 나오냐."

그나마 서서 돌아다닐 정도로 회복됐다는 거지, 내 몸은 걸레짝이나 다름없었다.

"하하, 어쨌든 멀쩡하게 말을 할 수 있으면 된 거요. 내 예상을 완벽히 벗어나셨소."

"뭐?"

방금 뭔가 들어선 안 될 말을 들은 거 같은데. 나는 성큼 다가가 라울의 멱살을 콱 잡았다.

"얌마, 너 다 예상했다며."

"에…… 또 그게. 솔직히 말하자면 대장이 근래 너무 사람이 변했잖소. 내가 모르는 대장의 역량이 이 작전의 최대 변수였소. 내 과거 데이터보다 대장이 더 잘해줄 거라는 믿음 없이는 불가능했다고 할까, 아하하."

말이나 못하면 밉지나 않지. 나는 녀석의 멱살을 놓아주었다.

"그래서 이게 다 무슨 상황이야?"

"실례하겠습니다. 아메로 델릭턴입니다."

중년의 남자가 내게 정중히 허리를 숙였다. 기억에 없는 인물이었다. 가 아니군. 나는 그를 가리키며 저도 모르게 소리쳤다.

"아, 그 사람? 입바른 말 하다가 짤렸다는."

"그 짤린 사람이 맞습니다."

델릭턴은 사람 좋은 웃음을 지었다. 뒤늦게 난 내 실례를 깨달았다.

"미안해. 지금 좀 제정신이 아닌지라."

"괜찮습니다. 이해합니다."

나는 라울에게 스토리를 풀어보라는 눈치를 보냈다. 라울은 내 눈빛을 사뿐히 무시하며 물었다.

"대장, 영주와 커터맨은 어떻게 됐소?"

"영주는 안에 잡아놨어. 커터맨은 죽었고."

"그렇다고 합니다. 델릭턴님."

"예. 놀랍습니다."

델릭턴은 무척 감명받은 얼굴이었다. 나를 보는 표정이 흡사 구국열사를 대하는 듯했다.

"라울님이 줄기차게 절 설득했지만, 솔직히 이 순간까지도 반신반의했습니다. 사람들을 위해 목숨을 걸 수 있는 의인이 아직 이 도시에 남아있을 줄은 몰랐습니다."

"의인이라…… 거창한 표현이네, 그거."

"테나단님께서는 국왕에게 반기를 드려 하시는 것이 아닙니까?"

"그렇지."

"그것은 보통 사람이 걷지 못하는 의로운 길입니다. 작금의 정세에서 테나단님의 선택은 자기 목을 교수대에 내거는 행동이나 마찬가지입니다. 부끄럽지만 제가 나서지 못한 것도 그런 용기가 없기 때문이었죠."

라울이 끼어들었다.

"나를 포함해서 모두가 궁금해했소. 대장이란 사람이 품은 뜻을. 대장이 평범한 자였다면 그 상황에서 무기를 뽑지 못했을 거요."

"그러니까 다들 날 테스트한 거구만?"

"에, 말하자면 그렇게 되는구려."

"가만. 그렇다는 건…."

나는 베로니카를 홱 돌아보았다.

"설마 베로니카도 알고 있었어?"

"나, 나는 시킨 대로 했을 뿐이다."

베로니카는 어울리지 않게 말을 더듬었다. 나는 입만 뻐금거릴 수밖에 없었다.

라울은 무안한지 볼을 슥슥 긁었다.

"어쨌든 이제는 대장의 대의를 의심하는 사람이 아무도 없을거요. 니바는 온전히 대장의 것이오."

델릭턴은 뒤를 돌아보며 큰 소리로 외쳤다.

"총원! 니바의 영웅께 경례!"

병사들이 일제히 내 쪽으로 몸을 틀었다. 군홧발 소리가 마치 한 몸에서 나는 듯했다.

"충!"

병사들은 짧고 우렁찬 구령과 함께 오른주먹을 왼쪽 가슴에 갖다 대었다. 배가 뚫리는 개고생을 하고도 웃음이 나올 수밖에 없는 장면이었다.

역시 라울은 라울이었고, 소설은 소설이었다. 소설 속의 라울은 말투만 달랐지, 고딩인 내가 생각하는 범주를 벗어나지 못했다. 그게 당연했다. 내가 쓰는 소설이니까. 하지만 리얼 월드의 라울은 나를 테스트할 수도 있는 사람이다. 그 리얼리티라는 놈이 내 가슴을 다 벅차게 했다.

NEO FUSION FANTASY STORY & ADVANTURE

5. 소어, 선봉대

Novelist

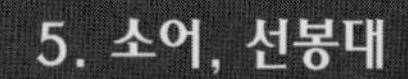

5. 소어, 선봉대

노블리스트

전장은 수습 단계로 접어들었다. 가장 시급한 건 나의 치료였다. 베로니카의 처방은 임시방편에 지나지 않았다. 어떻게 한 거냐고 물으니 포션을 들이부었단다.

여기가 지구였다면 '제군들, 우리가 승리했다! 그리고 나는 부상 후유증으로 퇴역하겠다.' 가 되었겠지만, 다행스럽게도 이곳에는 마법이라는 게 있었다. 델릭턴의 지시로 즉시 최고 수준의 군종사제가 파견되었다. 치유는 허망할 정도로 간단했다. 흰 빛이 마구 번쩍이더니, 털보 사제 아저씨가 '피곤하군.' 이러면서 나간 게 끝이었다. 나는 언제 싸우기나 했냐는 듯 멀쩡해졌다.

승리의 기쁨을 만끽할 틈은 없었다. 울토르군이 지척에

다가와 있는 마당이었다. 나는 우선 메인 홀에 우리의 핵심 멤버들을 모두 집결시켰다.

"다 모였소."

라울이 소집령을 완수했음을 알려왔다. 나는 옥좌에 앉아 홀에 모인 면면을 살펴보았다. 라울, 베로니카, 델릭턴, 그리고 올가까지. 현재로서는 이들이 내 믿을맨이었다.

"라울 테하다."

"부르셨소."

라울은 내 왼편 가장 가까이 서있었다. 그는 책사 이미지를 굳히려는 듯 단정한 수트를 입고 나왔는데, 모델간지가 이런 건가 싶었다.

"네가 일등공신이다."

"하하, 당연하신 말씀."

"하지만 다음에도 나 몰래 비밀작전 같은 거 하면 죽는다."

"노력은 해보겠… 아니, 신께 맹세하리다."

내가 위협의 뜻으로 주먹을 흔들자 라울은 재빨리 말을 바꾸었다.

"라울 너를 정식으로 우리 군의 수석 참모로 임명하겠다. 앞으로도 날 잘 보좌해서 대업의 달성에 이바지하도록."

"신명을 다하겠소."

짜식, 말은 잘하네.

"베로니카 산탄젤로."

베로니카는 대답 없이 고개만 까딱였다. 표정만으로는 좋은 건지 뚱한 건지 알 수 없는 그녀였다.

"베로니카는 장군을 맡아줘. 네가 우리 군의 최고전력이야. 네가 군을 이끈다면 병사들도 용기를 낼 수 있을 거야."

사람들의 이목이 베로니카에게 집중되었다.

"좋아."

그녀는 의외로 흔쾌히 승낙했다.

"고마워."

나는 해맑게 웃었다. 베로니카가 도와준다면 더할 나위가 없었다. 왠지 그녀의 귀가 붉어진 것 같은데, 그건 어떻게 해석해야 할지 모르겠다. 나는 고개를 갸웃거리며 다음 순서로 넘어갔다.

"에, 그러면…… 다음은 아메로 델릭턴."

"예, 주군."

델릭턴은 완전히 노선을 정한 모습이었다. 그는 내 설정집에 수록될 만큼의 영웅은 아니었다. 허나 세상이 어찌 영웅만으로 돌아가겠나. 이 어지러운 때에 그의 강직함은 성품만으로도 희소가치가 있었다.

"델릭턴은 기존 직위였던 도시 경비대장에 복직시키고, 내 경호대장에도 임명하겠어. 아무래도 사람이 적을 때라."

"충성을 다하겠습니다."

"경비대장은 특히 치안 유지에 신경을 써 줘. 그동안 영주군은 신용을 많이 잃었어. 주민을 안심시키는 게 가장 중요해."

"알겠습니다."

"그리고 영주 잔당과 귀족들의 처리 문제인데."

"예."

이게 중요한 안건이었다. 우리는 영주공관을 접수하며 상당수의 귀족을 포로로 만들었다. 대부분은 카엔의 폭정에 빌붙어 살던 기생충같은 놈들이었다.

"경비대장이 잘 알고 있을 거야. 어떤 놈이 나쁜 놈인지. 사람 목숨 가지고 장난치는 행위를 한 놈들, 그리고 거기에 동조한 놈들. 모두 공개 처형시켜. 민심을 달래는 데 도움이 되겠지."

"명 받들겠습니다."

피는 피로, 죄는 죄로 다스리겠다. 그게 내 통치이념이다. 국사공부를 해둔 게 이럴 때에 도움이 되었다. 한국을 봐. 친일파를 제때 청산 못해 대대손손 고생이잖냐.

"탁월한 결정이오, 대장. 하지만 카엔은 남겨둬야 할 거요."

라울이 딴지를 걸어왔다.

"어째서?"

"카엔은 로젠트 가문의 직계요. 인질의 가치가 있소."

"좋아, 참모의 판단을 따르겠어."

나야 좋다. 그 악독한 놈에게 사형이란 과분한 게 아닌가 싶었거든.

"그러면 다음은…."

나는 올가를 쳐다보았다. 그녀가 마지막 순서였다. 그녀는 잔뜩 긴장해있었다. 자신이 왜 이곳에 와있는지도 모르겠다는 얼굴이었다. 라울이 짓궂게 농을 걸었다.

"저 여성분과 대장이 어째 닮은 것 같지 않소?"

"아, 아니에요. 제가 어찌…."

올가는 황급히 부인했으나, 사실이긴 했다. 그녀는 나처럼 은발인데다가 눈동자가 검은 색인 것도 같았다. 둘 다 워낙 화사한 외모라 나란히 서있으면 영락없이 남매로 보이지 싶었다.

"올가는 궁내부장을 맡아줬으면 해. 여긴 다들 남자 아니면 장군뿐이라 살림을 도맡아줄 사람이 필요하거든. 어때, 해줄 수 있겠어? 싫으면 싫다고 말해도 괜찮아."

"하, 할 게요!"

올가는 빽 소리를 질렀다가, 부끄러운 듯 고개를 수그렸다.

"테나단님께 도움이 되고 싶어요."

이 애 엄청 귀엽다. 내 심장이 다 두근거렸다. 싸울 때

봤던 엄한 장면이 아른거렸다. 나는 괜히 헛기침을 하며 말했다.

"일을 거들 친구들을 불러도 돼. 궁 안의 일은 전적으로 네게 일임할게."

"네."

"참, 세엘이란 아이에 대해서도 조사해줘. 거둘 친척이 있으면 돈으로 보상을 하고, 갈 곳 없는 신세라면 우리가 맡는 걸로 하자."

"그럴게요."

"부탁한다. 모두들 들었겠지만, 나는 여러분들을 참모, 장군, 궁내부장으로 호명했다. 일개 영주가 거느릴 만한 직함들이 아니지. 나는 니바 시에서 멈출 생각이 없다. 우리 군은 이제 막 거병한 신출내기지만, 그 꿈만은 천하를 향하고 있다. 여러분은 천하를 향해 달리는 나 테나단의 기수인 셈이다. 각자 그점을 염두에 두고, 오늘의 거사가 위대한 여정의 첫걸음이 되도록 분발해 주길 바란다."

"맡겨만 주시오."

"저 힘낼게요!"

"……"

"충성을 다하겠습니다."

회의는 그것으로 끝이 났다. 이어서 오후에도 숨 돌릴

틈 없는 일정이 계속되었다. 나는 도시 구석구석을 돌아다니며 병사들을 격려했다. 주민들을 방문하고 음식을 나눠주기도 했다. 한국에선 선거철마다 흔히 보는 수법인데, 라울은 놀랍다고 칭찬을 아끼지 않았다. 테마르의 지도자들이란 엉덩이 무게로 품격을 재는 양반들이거든. 반응은 역시 폭발적이었다. 내가 지나가는 블록마다 내 이름을 외치는 추종자가 양산되었다.

"이럴 줄 알았으면 소문낸다고 발품 팔 필요도 없었을 것 같소."

라울은 기가 죽어 중얼거렸다. 녀석의 그런 모습을 보는 것도 깨알같은 재미였다.

흥을 타다보니 시간은 금방 지나갔다. 밤이 되자 나는 영주가 머물던 별채로 향했다. 정문을 들어설 때부터 피로가 일시불로 몰려왔다. 고되고도 고된 하루였다.

'눕고싶다. 눕고싶다.'

나는 주문처럼 그 말을 되뇌이며 침실로 기어들어갔다. 그러나 바로 뻗지는 않았다. 기절할 만치 피곤했으나, 마지막으로 할 일이 남아있었다. 나는 책상에 앉아 잉크와 펜, 그리고 설정집을 준비했다. 위업점수를 확인하기 위함이었다.

자, 과연 몇 점일까. 오늘 위대한 일을 제법 해치운 것 같은데 말이지.

나는 김칫국을 동이째 들이키며 페이지를 넘겼다.

– 테나단

한국의 고등학생 김유빈의 환생체. 나르바하에서는 테나단이란 이름으로 알려져있다. 슬럼의 건달들을 조직화시켜 백은 전사대를 창설하였다. 사기절(蛇起節)에는 휘하 부하들을 이끌고 영주공관을 급습하여 니바 시의 지배권을 손에 넣었다.

보유기술 : 거인의 힘, 승마술, 반사신경, 화술, 로독 중철병 돌격창술

전용기술 : 없음

위업내역 : 백은 전사대를 창설하였다.

획득점수 : 50

위업내역 : 커터맨을 쓰러뜨렸다.

획득점수 : 80

위업내역 : 니바 시를 함락시키고, 독립 세력을 창건하였다.

획득점수 : 500

누적점수 : 632

'500점이라고?'

나는 마지막 숫자에서 눈을 끔벅거렸다. 피곤해서 헛것이 보이나 싶었는데, 바로 봐도 모로 봐도 오백 점이 맞았다. 총합은 무려 632점. 기껏 일이백일줄 알았더니, 예상을 훨씬 웃도는 수치였다.

나는 팔을 뻗고 소리없이 만세삼창을 해보았다.

"으헤헤."

자아, 이 점수는 어떻게 써야 잘 썼다고 소문이 날까.

오늘의 전투로 느낀 게 있다면, 내가 아직 많이 약하다는 점이었다. 소설에서의 테나단도 잠재능력이 큰 인물이었지 처음부터 완성된 전사는 아니었다. 전투능력을 최소이 세계의 영웅급 인물과 일기토를 할 정도로는 올려두어야 제몫을 할 것 같다.

나는 설정집의 스킬 목록을 신중하게 훑어보았다. 칼침 맞아가며 딴 포인트다. 단 한 점도 허투루 쓸 수는 없었다.

"흐음……."

누군가가 인터넷을 비판하길 정보가 많다고 좋은 것만은 아니라던데, 여기가 지금 그렇다. 기술이 많아도 너무 많았다. 전투쪽만 집중적으로 팠는데도 그랬다. 생활쪽

스킬까지 보려면 그건 밤 새야하고.

하지만 어떤 승부건 결말은 있는 법. 약 두 시간의 고민 끝에 나는 이건 올려야겠다싶은 스킬의 리스트를 완성했다.

1. 능숙한 승마술 - 10점

마상전투를 해내기 위해 최소한도로 요구되는 스킬이었다. 이래나저래나 승마술은 기본 중의 기본이었다. 게다가 나르바하에선 말 말고도 탈 것이 많았다. 전투늑대, 산양, 나이트워커 등등 대부분의 탈것은 승마스킬 하나로 호환이 되는 것 같았다.

2. 테마르 궁중검술, 엘체 - 50점

앞서의 전투에서 검술을 몰라 쩔쩔맸던 게 쓰디쓴 교훈이 되었다. 강해지려면 다양한 기술을 겸비해야했다. 같은 상황이라도 창질만 하는 놈과 양손, 한손, 맨손을 자유자재로 선택해 공격할 수 있는 놈. 누가 더 상대하기 까다롭겠냐.

나는 매력적인 수많은 무술을 제쳐두고 테마르 궁중검술을 택했다. 테마르 궁중검술 '엘체'는 전통적인 군사강국 테마르의 자존심이 집약된 화려한 공격검술이었다. '화려하다'는 데 포인트가 있었다. 무식한 건 돌격창술

하나로 충분하거든.

3. 히란 암살술, 키시 - 50점

한손과 양손무기술에 투자를 했으니 이젠 격투술을 다룰 차례였다. 히란은 엘프와 닌자를 믹스한 종족으로, 암살술을 군대의 집단전술에 도입할 만큼 음침한 놈들이었다. 본래 그들은 자신들의 적전무공을 결코 타종족에게 전수하지 않지만, 내게는 만능 치트키인 설정북이 있으니까.

4. 훌륭한 반사신경 - 36점

괜찮은 반사신경을 훌륭한 반사신경으로 업그레이드했다. 피 줄줄 흘려가며 싸우는 건 다시는 사양이었다. 이것은 펜싱이나 복싱 같은 종목에서 활약하는 초일류 올림피언과 맞먹는 경지였다.

5. 훌륭한 민첩성 - 54점

반사신경과 마찬가지의 이유에서였다. 반사신경이 외부의 자극을 포착하는 능력이라면, 민첩성이란 실제로 몸을 얼마나 빨리 움직일 수 있는가 하는 능력을 가리켰다. 여기다가 포인트를 몰빵한다면 무협처럼 잔상을 남기며 이동할 수도 있을 것이다.

나는 여기까지 쓰고 펜대를 내려놓았다. 업그레이드는 즉각적으로 이루어졌다. 오늘 아침의 테나단과 지금의 테나단은 완전히 다른 수준의 전사였다. 그런데도 아직 포인트가 432점이나 남아있었다.

나는 이쯤에서 근본적인 물음을 던져보고 싶었다.

'왜 아약은 설정북을 사용하는 방법을 가르쳐주지 않았을까?'

아약은 내게 필요이상으로 친절했다. 내가 허무하게 죽을까봐 걱정된다고도 했다. 그러나 그는 결정적인 부분에서 말을 아꼈다. '이런 책을 두었으니 요긴하게 쓰세요. 사용방법은 이러합니다.' 단 한 마디만 하면 되는 거였는데도.

왜? 나 고생 좀 해보라고?

아니. 그렇지는 않을 것 같다. 나는 가설을 하나 세웠다. 아약이 내가 책의 사용법을 스스로 깨쳐가길 바랬다는 가설. 나는 이 책이 단순하게 스킬 업그레이드용일 것이라고 너무 빨리 결론지어버렸다. 판타지를 하도 읽다보니 그런 선입견이 있었던 것 같다. 주인공 업그레이드 시스템. 게임판타지나 퓨전 판타지에서 흔히 나오잖아.

이건 깊이 생각해볼 문제였다. 나 하나의 스킬 업그레이드를 위해서라면 책은 꽤 불편한 매개체였다. 게임같은 현실, 반투명한 인터페이스, 트랜드라면 뭐 그런 게 아니겠어. 유저 편의성이 소설의 흥행을 좌우한다고. 왜 아약은 굳이 책을 내게 줬으며, 거기다가 '김유빈 저' 라고 이름까지 박아뒀을까?

"흐음."

나는 책상을 손가락 끝으로 톡톡 건드렸다. 작가 특유의 상상력이 가동되고 있었다. 그러다가 문득 펼쳐놓은 페이지에 눈길이 닿았다.

'설명이 바뀌었네?'

내 캐릭터 설명이 슬럼가의 두목에서 백은 전사대의 대장으로 바뀌어 있었다. 오늘 활약상이 업데이트된 것이다. 당연하다면 당연하다고 할 수 있겠는데, 거기서 유레카가 찾아왔다.

'어쩌면?'

나는 인명 목록을 황급히 펼쳐보았다.

– 베로니카 산탄젤로

에센가드의 장로마법사 드로이드는 노예 중에서 마법적 소양이 있는 샘플을 추려내 비밀스런 실험을 진행했다. 베로니카는 그 비윤리적이고 잔혹한 실험의 결과물이었다. 16세때, 그녀는 드로이드가 자는 틈을 타 그와 거처를 함께 불살라버렸다. 그때부터 그녀의 삶은 힘과 죽음, 두 단어로 요약되었다. 에센가드의 추적자들은 대륙 어디

에나 있었고, 그녀는 쉽게 죽어줄 만큼 너그럽지 못했다.

죽이려는 자와 죽이는 자. 교착상태는 영원히 지속될 것만 같았다. 변화가 찾아온 건 테마르에서였다. 그녀는 남부의 상업도시 니바에서 테나단이란 소년을 만났다. 소년은 그녀의 정체를 알면서도 손을 내밀어주었다. 꿈을 이야기하고, 함께하기를 원했다. 그녀는 혼란스러우면서도 소년을 지켜보기로 했다. 사람, 그리고 믿음을 처음으로 결부짓기 시작한 것이다.

보유기술 : 불의 정령술, 초월적인 마력친화력, 중부식 용병검술, 훌륭한 힘, 초인적인 반사신경, 초인적인 민첩성, 중급 자가회복력.

전용기술 : 화염작렬, 발화, 화염의 고리

처치시 획득하는 점수 : 200

역시 업데이트가 되어 있었다. 그리고 처음 봤을 때보다 설명이 훨씬 구체적이었다. 무엇보다 보유기술 내역이 훤히 보인다는 게 가장 크게 달라진 점이었다. 이건 어떤 규칙에 의해서일까? 접촉한 인물에 한해서 정보가 더 공개된다는 건가?

'그렇다면 이번에는…….'

나는 이번엔 올가를 찾아보았다.

'없다.'

뭐 이것도 당연하겠지. 그녀는 영웅이 아니었고, 소설에서 활약하는 주요 인물도 아니었으니까. 처음부터 설정집에 없는 인물이었다. 마땅히 그래야만 하는 건데, 뭔가 석연치가 않았다. 나는 펜을 들어 인명사전의 끄트머리에 '올가' 라고 써보았다.

– 올가

그 순간이었다. 자동으로 다음 내용이 완성되었다. 나는 눈을 떼지 못한 채 내용을 읽어 내려갔다.

– 고아 출신이라 본명은 알 수 없다. 아명은 '흰둥이'였다. 처음 그녀가 올가로 불리우기 시작한 건 열두 살 때, 전속계약으로 극단에 발을 들이면서부터였다. 그녀가 스타가 되는 데에는 오랜 시간이 필요치 않았다. 달콤한 미성, 그리고 우아한 외모. 그녀는 엔터테이너로서의 모든 소양을 갖추고 있었다.

그녀가 십육세가 되던 해 커터맨이 니바에 들어왔다. 커터맨은 그녀의 순결을 집요하게 노렸다. 줄을 서던 청혼자들은 단순간에 발길이 끊겼다. 그녀는 스스로의 몸을 지키기 위해 극단적인 선택을 했다. 타락한 어린 영주 카엔 로젠트의 컬렉션이 되기로 한 것이다. 그러나 그것도 근본적인 해결책은 아니었다. 카엔은 점점 성장했고, 여자에 대해서도 눈을 떠갔다. 그의 성벽은 그의 잔인함만큼이나 변태적이라는 소문이 파다했다. 그녀는 스스로를 지키기 위해 엔터테이너로서 자신의 가치를 어필하는 수밖에 없었다.

절망적인 나날이 계속될 때, 여느 날 어느 연회에서였다. 한 소년이 나타나 커터맨을 죽였다. 카엔을 때려눕혔다. 그녀를 억압하던 모든 것을 쳐부쉈다. 그녀는 발가벗겨진 듯한 해방감을 느꼈다. 소년의 이름은 테나단이었다.

지금 그녀는 그의 신하로서 궁의 관리를 전담하게 되었다. 그녀는 기적처럼 찾아온 이 남자가 자신의 삶을 밝게 이끌어주길 고대하고 있다.

보유기술 : 예술적인 가창력, 뛰어난 연기력, 예술적인 댄스 실력, 평범한 마력친화력

전용기술 : 없음

처치시 획득하는 점수 : 없음

나는 쾌재를 질렀다. 역시 이거였어. 내가 만들어갈 수 있으니까 책의 형태였던 거지.

올가의 설명은 베로니카보다 좀 더 자세했다. 사전배경이 있는 캐릭터와 없는 캐릭터와의 차이일 것 같기도 했다. 일반인이다보니 스킬 내역에서는 베로니카에 견줄 바가 못 됐다. 가창력, 연기력, 그리고 댄스 실력이라니. 궁내부장으로서 활용할만한 기술들은 아니구만. 의외라고 한다면 마력친화력인데, 그마저도 나르바하에서는 흔한 재능이었다.

별난 거로는 테나단이 별나지. 힘만 들입다 세고 마력이라고는 좁쌀만큼도 없으니.

내 믿을맨 중에서 올가가 가장 능력치가 떨어지는구나. 아쉬웠다. 모든 걸 다 알고 등용한 다른 영웅들보다, 아무런 사전정보 없이 내 사람이 된 올가에게 더 정이 갔다. 무언가 방법이 없을까 고민해보았다. 나는 펜을 들어 잉크를 쿡쿡 찍었다. 그리고 '평범한 마력친화력'을 '훌륭한 마력친화력'으로 수정해보았다.

'된다.'

설마 될까 싶었는데, 이게 진짜로 바뀌었다. 나는 포인트 내역을 확인해보았다. 잔존 포인트는 397점이었다. 포인트까지 줄어들었다면 의심의 여지가 없었다.

'그런데 왜 50포인트가 아니라 35포인트가 줄어들었지?'

스킬 일람에서 '훌륭한 마력친화력'은 50포인트로 명

시되어 있었다. 무려 15포인트나 세이브된 것이다. 이거 버그인가? 아니면 여성우대?

한 가지 가설이 떠오르긴 했다. 나는 이번에는 라울의 항목을 확인해보았다.

– 라울 테하다

'주워온 자식.' 그게 라울의 별명이었다. 라울은 다섯 살에 그의 아버지가 친부가 아님을 깨달았다. 그 작자는 자신의 아버지라기에는 너무 못생겼고, 흉폭했으며, 무엇보다 멍청했다.

십오세 때, 라울은 아버지의 술주정에 진저리를 내고 집을 뛰쳐나왔다. 그는 거리를 전전하며 사람들을 상대하는 법, 심리를 다루는 법을 배워갔다. 이 방면에서 그의 재능은 천부적이었다. 누구도 그를 슬럼의 가난뱅이라 생각하지 않았다. 그는 귀부인들의 연인이 되었다. 파티를 즐겼고, 비싼 술을 마셨다.

비가 내리던 어느 날, 아버지의 부고가 들려왔다. 술에 취해 행패를 부리다가 등에 칼을 맞았다고 했다. 그는 손에 들고 있던 무도회의 초대장을 찢어버렸다. 연미복을 던져버리고, 다시 한 번 집을 뛰쳐나왔다. 그는 복수를 이루기 위해 슬럼조직에 투신했다. 테나단과의 만남은 그렇게 시작되었다.

그와 테나단은 여러 해 동안 필요에 의해, 필요한 만큼만의 유대를 공유해왔다. 변화가 생긴 건 근래의 일이었다. 테나단은 여러 면에서 믿기 힘든 성장을 이루어냈다. 그는 자신의 예측을 번번이 뛰어넘는 이 소년을 경외감으로, 그리고 두려움으로 지켜보고 있다.

보유기술 : 초인적인 지력, 초인적인 통찰력, 뛰어난 요리실력, 뛰어난 마력친화력, 훌륭한 연기력, 훌륭한 가창력, 훌륭한 바느질, 경이적인 체스실력

전용기술 : 없음

처치시 획득하는 점수 : 50

요리솜씨는 저번에 봤었는데, 바느질이라니? 일등 신랑감이라 이건가.

다소간 이상한 취미를 빼고는, 라울의 스킬은 전형적인 책사형이었다. 나는 방금 세운 가설을 확인해보기로 했다. 나는 펜을 들어 이번에는 라울의 스킬에 새로운 항목을 추가해 보았다.

– 기초의 승마술

승마술을 고른 건 순전히 포인트가 적게 들어가기 때문

이었다. 실험인데 막 일이백씩 꼬라박을 순 없잖아. 나는 남아있는 포인트를 확인해보았다.

'393점이네. 계산이 또 안 맞네?'

기초의 승마술은 5점 짜리인데, 이번에도 1점이 적게 줄어들었다. 두 실험으로 도출되는 결론은 하나였다. 내가 아닌 타인에게 점수를 쓸 경우에는 포인트 소모가 줄어든다는 것.

이 설정북은 기본적으로 타인에게 포인트를 쓰는 걸 더 장려하고 있군. 상당히 흥미로운 장치였다. 나 혼자 먼치킨이 되느냐, 내 사람들도 같이 챙겨가느냐. 이건 추구하는 위업의 성격에 따라 정해야 할 듯했다. 목표가 마왕 퇴치라면 먼치킨이 낫겠고, 천하통일이라면 적절히 포인트를 나눠쓰는 게 낫겠지.

나는 지금까지 알아낸 법칙을 정리해보았다.

첫째, 설정북은 내가 안면있는 인물에 한하여 최신 정보를 업데이트한다.

둘째, 설정북에 없었던 인물도 목록에 추가할 수 있다.(사람이 아니라 물건 등 다른 개념에도 적용될 것 같다. 확인요망)

셋째, 스킬 항목을 고쳐서 기술을 배울 수 있다.

넷째,. 다른 사람의 항목을 고칠 경우 포인트가 30%가량 디스카운트된다.

다 쓴 거 같긴 한데, 연구해보면 더 나올 것 같았다. 실은 저 네 가지 항목을 쓰면서 설정북을 기가 막히게 활용할 묘안이 떠올랐다. 하지만 지금은 너무 졸렸다. 앉은 채로 돌아가실 지경이었다. 나는 좀비처럼 비척비척 걸어가 침대 귀퉁이에 머리를 박았다. 바로 누울 힘도 없었다. '이불 덮어야하는데.' 그게 내가 떠올린 마지막 생각이었다.

❖

다음날, 나는 소녀들에게 둘러싸인 채 잠에서 깨어났다. 잠이 덜 깼을 때는 이게 무슨 미연시같은 상황인가 싶었다. 처음에는 당황, 조금 후에는 쪽팔림이 찾아왔다. 얘네들 다 내 또래 여자애들이잖아. 갓난아기도 아니고, 옷 입는 것까지 도움을 받을까보냐!

물론 그런 티를 내진 못했다. 올가가 너무 열심히 일하고 있는 까닭이었다. 그녀는 정말이지 성실하게 소녀들을 지휘하고 있었다. 열심히 하는 애한테 딴지를 걸 수도 없어 나는 적응하기로 했다. 그래, 로마에선 로마법을 따르라더라.

아침을 물린 후 나는 재차 가신회의를 열었다. 이번 참석자는 라울, 베로니카, 그리고 올가까지였다. 공관의 회의실은 오랫동안 쓰지 않아 적적한 향취가 났다. 나는 가장 먼저 도착해서 상석을 차지했다.

"고마워."

올가가 차를 따라주었다. 그녀는 라울과 베로니카에게도 차를 따르고는 내 맞은편에 다소곳이 앉았다.

"올가, 네 건?"

"네?"

"네 잔만 없잖아."

"아, 저는 괜찮아요."

올가는 정말 괜찮다는 듯 엷게 웃어보였다.

"진짜 괜찮은 거지? 우리끼리 마신다?"

"네에."

그녀는 가신이라기보다 시중을 들러 나온 메이드 같았다. 편하게 대해줬으면 좋겠는데, 아직은 무리일 테지.

베로니카는 김이 무럭무럭 나는 차를 에너지 드링크라도 되는 것처럼 호쾌하게 들이켰다. 그녀는 불의 정령술사다보니 화염에 내성이 있었다.

으음, 저건 화염내성이 아니라 교양의 영역인 것 같기도. 라울이 혀를 차는 소리가 여기까지 들렸다.

"오늘의 안건은 두 가지가 있어."

모두의 착석을 확인하고 나는 말문을 열었다.

"첫째는 울토르 부대의 진군. 라울, 며칠 남았지?"

"내일이면 도착이오. 육안으로 지금 확인할 수도 있소."

울토르는 쇼맨십이 있는 놈이었다. 녀석의 부대는 몰고 다니는 먹구름 때문에 멀리서도 식별이 가능했는데, 덕분에 테마르 남부 사람들은 날씨가 흐리기만 해도 불안에 떤다고 들었다.

"우리의 승산은?"

"관측을 내놓기엔 이르오. 준비할 것은 많고, 정보는 너무 부족하오."

녀석은 드물게 신중한 표정이었다. 골머리가 아프겠지. 소설에서 니바 시는 수성전이란 이점이 있었음에도 불구하고, 오천 명의 울토르 군에게 철저하게 파괴되었다. 전력의 차이는 명백했다. 나는 라울에게 종이와 펜을 내밀었다.

"이건 뭐요?"

"받아쓰기 테스트. 불러주는 대로 메모해."

"뭘 말이오."

"적 총병력은 오천이백여 명이다. 기병 천, 보병이 사천, 정령술사 서른둘, 마법사 스무 명으로 구성되어 있어."

라울은 화들짝 놀라 되물었다.

"대장이 어찌 그런 걸 다 아쇼?"

"나중에 설명해 줄 테니 일단 계속 받아써. 마법사는 기후마법에 특화된 자들이 주류야. 전투가 시작되면 구름 깔고 낙뢰를 떨어뜨리는 게 녀석들의 유일한 콤비네이션이지. 정령술사는 대부분 평범한데, 그림자의 정령술사가 한 명 껴있어. 그림자를 타고 다니면서 요인암살을 하는 아주 골치 아픈 놈이야. 낙뢰는 사실 속임수에 불과해. 임팩트는 요란하지만, 정확도가 떨어지고 효과범위도 좁아 살상용으론 비효율적이지. 낙뢰와 구름은 그림자의 정령술사가 활동할 수 있게끔 시선을 돌려주는 무대장치에 지나지 않아."

라울은 부지런히 내 말을 받아 적었다. 근데 녀석, 엄청 달필이다. 저런 것도 스킬 리스트에 추가했어야 하지 않을까.

"놈들의 대장은 소어라는 여자야. 울토르의 친동생이지. 아주 잔인하고 속좁은 캐릭터야. 개넌이 고작 백인장밖에 안 되는 것도 그 여자의 질투심 때문이걸랑. 천인장부터는 죄다 녀석의 딸랑이들뿐이라고 보면 돼. 그것 때문에 백인대 단위에서는 불만이 많지만, 누가 감히 울토르의 동생한테 싫은 말을 할 수 있겠어."

"한심하군."

"나쁜 사람이네요."

아리따운 두 여성의 촌평이었다.

“녀석의 주특기도 기후마법이야. 하지만 다른 마법사와는 격이 달라. 성격이 글러먹은 만큼 실력이 좋기도 하거든. 그 녀석이라면 핀포인트로 낙뢰를 떨어뜨릴 수도 있을거야. 강풍을 불러와 성벽 위의 병사들을 떨어뜨려버릴 수도 있겠고.”

“마법은 정령술의 상대가 되지 않는다. 그는 내가 맡겠다.”

“그래준다면 든든하지만, 라울의 의견도 들어보자.”

마법이 정령술의 상대가 되지 않는다는 건 베로니카의 사심 섞인 발언이었다. 실제로 소어와 베로니카가 싸운다면 결과를 예측하기 힘들었다. 소어도 당당히 영웅으로 설정집에 이름을 올린 자였다. 나는 라울이 메모를 마칠 수 있도록 시간을 주었다. 그는 더욱더 신중한 표정이 되었다. 나는 녀석의 모습에서 인생의 진리 하나를 새삼 깨우치고 있었다. 잘생긴 놈은 인상을 쓰면 더 잘생겨보인다는 거.

“또 없소? 정보.”

“끝. 아, 소어 걔 채식주의자야. 이건 쓸모없겠지만.”

“아니오, 도움이 됐소. 정말 금쪽같은 정보요.”

“뭐가? 채식이?”

“전부다. 이걸 토대로 계획을 세워보겠소.”

녀석은 펜을 내려놓고 금발을 한번 쓸어 넘겼다.

“이젠 대장의 차례구려. 어디서 난 정보요?”

"그게 두 번째 안건이야. 자, 모두들 집중해봐."

나는 책 한 권을 소리가 나도록 테이블에 올려놓았다. 바로 나르바하의 설정집이었다.

깨고 나서 지금 이 순간까지, 나는 이 책을 효과적으로 활용할 수 있는 방법에 대해 궁리했다. 첫 번째는 반응 테스트였다.

"이게 뭔지 알겠어?"

세 사람은 내 얼굴만 멀뚱히 쳐다보았다.

"안 보여?"

"네?"

"뭘 말이오?"

"이거 말이야, 이거."

나는 이번엔 그들의 눈앞에 대고 책을 흔들었다. 역시나 보이지 않는 듯했다. 시선의 방향만 봐도 알 수 있었다.

"손 모양을 보라는 거요?"

"아니, 됐다."

정령술사의 눈에도 보이지 않는 책이라니, 현실성이 급락하는군. 하지만 이 또한 납득이 가는 시스템이었다. 다른 사람이 볼 수도, 만질 수도 있다면 그건 더 이상 나를 위한 특전이 아니잖아. 나는 여기서 다섯 번째 규칙을 정립할 수 있었다.

다섯째, 설정북을 인지하고 다룰 수 있는 건 나 하나

뿐이다.

여기까지는 예상했었다. 다음부터가 문제였다. 나는 천하통일을 위해 내 측근들에게 포인트를 퍼주기로 결심을 마친 상태였다. 관건은 그들을 무슨 말로 납득시키냐였다. 아무리 마법과 정령술이 난무하는 세상이라도 자고 일어나니 강해져있더라, 이런 말이 먹힐 턱은 없었다.

"라울. 내가 어떻게 적의 정보를 알 수 있는지 궁금해?"

"매우 그렇소."

"나는 신의 아바타야."

"뭐요?"

"테나단님이요? 정말인가요?"

라울은 상당히 쇼킹해하는 듯했고, 베로니카는 납득이 간다는 듯 고개를 끄덕였다. 세 명중에선 올가의 반응이 가장 재밌었다. 눈을 동그랗게 뜨고 입을 가리는 게 셀카 잘찍겠다 싶었다.

"그런데 신이라면 어떤 신 말이냐?"

"믿어주는 거네?"

"달리 믿지 못할 이유도 없다. 네가 평범한 인간이었다면 오히려 실망했을 것 같다."

"고마워, 베로니카."

"저도 믿어요! 처음 테나단님을 봤을 때부터 그렇게 느꼈어요."

"잠깐만, 잠깐만!"

라울은 다급하게 손을 내저었다. 여자들이 속속 넘어가니 위기의식을 느낀 모양이었다.

"갑자기 신의 아바타라는 게 무슨 소리요? 물론 대장이 근래 상당히 이상해지긴 했지만, 적의 정보를 아는 것만으로는 수긍하기 힘든 주장이오."

"라울님…."

"흐음."

올가와 베로니카가 라울에게 비난의 눈초리를 보냈다. 라울은 진땀을 빼며 덧붙였다.

"아니! 나도 당연히 믿습니다. 가슴은 대장을 굳세게 믿고 있는데, 머리를 이해시켜야 하는 문제가 남았달까, 아하하."

라울아, 미움을 사버렸구나. 어쩌겠냐. 여기서 논리적인 사람은 너 하나뿐이걸랑.

"증거가 필요하다는 거네."

"그렇소. 신앙에 대해서는 여태껏 내게 말을 한 적이 한 번도 없지 않소. 어떤 신을 따르는지만이라도 알고 있었더라면 이렇게 혼란스럽지는 않았을 거요."

어떤 신을 모시느냐. 대부분의 설정덕후들이 그렇듯, 나도 가능한 한 많은 신을 만들어보고 싶었다. 내가 만든 신은 무려 백팔명이나 되었다. 그중에 서른여섯이 선신이었고, 일흔둘이 악신이었다. 각각의 신은 한 가지 이상의 미덕이나 악덕을 대표했다. 예를 들어 열옥의 대제 뤼벨스는 '포학' 의 신이라는 식이다.

지구의 신앙과 가장 큰 차이점이 이것이었다. 지구의 신은 종교를 불문하고 착하게 살라는 데 교리가 치중해 있었다. 그러나 뤼벨스의 신도는 착하게 살지 않아도 된다. 기물파손이 미사요 강도약탈이 예배였다. 그래서 이 질문이 중요한 것이다.

"조커."

"조커? 광대 말이오?"

"맞아. 카드게임에선 종종 와일드카드로 쓰이기도 해. 어떤 카드로도 변할 수 있다는 룰이 있거든. 경우에 따라서는 으뜸패가 되어 승부를 결정짓기도 하지."

"그런 카드게임이 있었던가…… 아니, 그보다. 내가 알기에 조커란 신은 없소."

"모르는 게 무리도 아냐. 조커는 아직 신격을 획득하지 못했으니까."

"하지만 아까는 스스로를 신의 아바타라고 하지 않았소?"

"다 맞는 말이야. 나는 신의 아바타야. 그리고 조커는 아직 신이 되지 못했어."

"그건 모순이오."

"정말?"

"……."

라울은 이맛살을 찌푸리며 침묵에 빠졌다. 그러더니 갑자기 탁자를 떡 두들겼다. 아직 입도 대지 않은 찻물이 흐를 듯 넘실거렸다.

"설마!"

"설마?"

"그 조커란 대장이오?"

"확실히 넌 머리가 좋아. 여러말 할 필요가 없네."

"그렇지만 그건 스스로를 신이라고 주장하는 거나 마찬가지 아니오."

"두 분이서 무슨 말씀을 나누시는 거죠?"

올가가 베로니카에게 소곤거리며 물었다. 베로니카는 지그시 고개를 가로저었다. 라울은 초조하게 입술을 깨물었다.

"증거! 증거가 필요하오. 아무리 대장이라고 해도 이것은 제대로 짚고 넘어가야 하오."

"동의해."

난 득의양양하게 웃었다. 여기서 설정북이 활약할 때였다. 나는 라울에게 줬던 펜을 회수했다. 라울은 소설의 처음부터 끝까지 머리만 쓰는 지략가였다. 지금부터 내가 만들어갈 역사는 조금 다를 것이다.

"잘 알다시피 이 세계에는 서른여섯의 선신과 일흔둘의 악신이 있어. 그들은 백팔가지의 미덕과 악덕을 상징하지. 하지만 조커는 미덕도, 악덕도 상징하지 않아. 그는 어떤 모습으로도 변화할 수 있어. 그 변덕스러움이 인간을 대표한다고 할 수는 있겠네."

나는 일부러 과장된 몸짓으로 라울을 가리켰다.

"라울, 훌륭한 책사는 야전으로 나가길 두려워해선 안 돼. 책상물림이라는 게 네 유일한 결점이지. 그러니 조커의 이름으로 네게 선물을 주마."

나는 일부러 책을 높게 들어 펼치고, 펜으로 라울의 설정을 고쳤다. 세 사람의 눈에는 내가 허공에서 판토마임이라도 하는 것처럼 보일 것이다. 나는 라울의 스킬목록 끝에 '중급 환영마법'을 덧붙였다. 105포인트가 단숨에 빠져나갔다. 내게 썼으면 150포인트여야 할 고급스킬이었다.

"이럴 수가……."

나는 라울의 얼굴을 유심히 쳐다보았다. 두 소녀도 내 시선을 따라갔다. 이때의 라울의 표정은 무어라 형언키 힘들었다. 한 지식인의 지적 기반이 근원부터 무너지고 있었다. 그리고 무너지는 것만큼이나 빠른 속도로 재조립되고 있었다. 라울은 머리를 감싸 쥐었다. 금발을 덮은 손이 부르르 떨리는 게 보였다.

"저기, 괜찮으세요?"

올가가 걱정스럽게 물었다. 그 순간이었다. 플래시가 터지듯 빛이 번뜩였다. 올가의 앞에 생전 처음 보는 꽃 한 송이가 나타났다. 꽃잎은 마치 프리즘처럼 빛의 입사각에 따라 다채롭게 빛깔이 변하고 있었다.

"와아, 이뻐요."

"마법을 쓸 수 있게 됐군."

올가가 순수하게 감탄했다. 베로니카는 조금 더 냉철하게 사태를 보고 있었다.

"어때, 라울?"

"여전히 이해가 가지 않지만…."

라울의 목소리는 상당히 격정적이었다.

"하지만 신은 머리가 아니라 가슴으로 믿는 거라 그럽디다. 내 평생 마법을 다 부려보게 될 줄이야. 대장, 아니, 이젠 대장이라고 부를 수도 없겠네. 호칭은 어떻게 하는 게 좋을까요?"

"낯간지럽게 말하지 말고 부르던 대로 불러. 아직 정식으로 신이 된 것도 아니니까."

"아무렇게나 불러도 상관 안합니까?"

"너 말투부터 좀 어떻게 해봐라. 어색해서 닭살이 돋는다."

"대장."

"옳지."

"미친개."

"뭐 임마?"

나는 장난스럽게 녀석의 의자를 발로 찼다. 녀석은 실실 쪼개며 뒤통수를 긁었다. 어지간히 기분이 좋은 모양이었다.

"자, 그러면 라울은 됐고. 다음은 올가 차례네."

"네? 저인가요?"

올가는 아무리봐도 토끼를 닮았다. 눈만 빨갰어도 영락없는 흰토끼였다. 잠시 엉뚱한 상상을 해보았다. 이런 애가 가요계에 데뷔했다면 무대에서 시조를 읊어도 삼촌팬을 쓸어 담았을 것 같다는.

"사양하지 마. 날이면 날마다 오는 것도 아니니까. 올가는 특별히 배우고 싶은 기술이 있어? 마법이라던가, 검술, 뭐든 좋으니까."

"요리요!"

"요리?"

일초도 안 망설이고 답변이 튀어나왔다.

"네, 부끄럽지만 손재주가 없는 게 항상 콤플렉스였어요. 궁내부장이 되고 나선 그런 생각이 더 들어요. 제가 모범을 보여야 할 텐데, 앞에 나설 수 없으면 너무 창피할 것 같아요."

"그거 확실히 그렇지."

소박하네. 뭐 어렵지 않다. 나는 다시 펜을 들었다.

"그러면 올가에게는 요리 재능과, 약간의 서비스를 얹어주도록 할까."

나는 올가의 스킬을 수정했다. 명인의 요리실력에 24점을, 중급 치유마법에 105점을 줬다. 이로서 잔존 포인트는 159점이 되었다.

"아! 정말이네요."

올가는 손을 뻗어 하얀 빛을 내뿜어보았다. 나를 치료했던 종군사제의 기술이었다. 올가는 라울처럼 혼란스러워하지 않았다. 애는 혼란스러워하긴커녕 상황을 즐기고 있었다. 그 천연의 자태가 실로 타고난 배우라고 할법했다.

"저를 구해주신 것도 모자라서 이런 은총까지, 어떻게 고마움을 표현해야할지 모르겠어요. 제가 그럴 가치가 있는 사람인지도 모르겠고요."

"인간사 깊게 생각하지 마. 때로는 인연이 전부라더라. 책에서 읽은 거야."

"저 열심히 할게요. 테나단님의 이름에 누가 되지 않도록 힘낼게요!"

"기대되는 걸."

나와 올가는 미소를 주고받았다. 나는 이어서 베로니카

에게 시선을 돌렸다.

"뭐, 뭐냐."

베로니카는 내 시선을 회피했다.

"네 차례야, 베로니카."

"나는 다른 기술이 필요 없다. 수상쩍은 짓 하지 마라."

"에이, 나 믿는다며?"

"그건 그렇지만……."

베로니카는 손가락으로 애꿎은 머리카락만 꼬았다. 저건 처음 보는 버릇인데.

"괜찮아, 베로니카. 이번 전투에서 많이 활약했잖아? 그 보답이라고 생각해."

"보답인 것이냐."

"신세를 졌는데 보은도 못한다면 내 마음이 편치 않아. 뭐든 좋으니까 배우고 싶은 기술이 있다면 말해줘."

"딱히 원하는 건 없다."

베로니카는 아주 작게 덧붙였다.

"요리라면 괜찮을지도…."

"너도?"

"어머? 베로니카님도요?"

그녀의 얼굴이 확 빨개졌다.

"드, 들은 김에 아무거나 말해봤을 뿐이다. 방금 생각나긴 했지만 배워두면 편할 것 같기도 하고, 보답을 하고 싶다고 사정하기도 하니까….”

나는 그녀의 비밀을 하나 알아버렸다. 그녀는 남에게 부탁하는 게 어마어마하게 서툴렀다.

“알았어. 요리라는 거지? 어렵지 않아.”

나는 베로니카의 기술 목록도 수정했다. 그녀의 눈빛이 내 손끝을 고양이처럼 따라왔다. 결코 방금 생각났다는 걸 바라보는 눈빛이 아니었다. 나는 도피행 중 허허벌판에서 이것저것 불에 익혀먹는 베로니카의 모습을 상상해 보았다. 테마르에 와서 제대로 된 요리를 처음 먹어봤을 땐 얼마나 놀랐겠냐.

“베로니카에게도 요리 재능을, 그리고 나의 감사를 담아 선물을 추가로 줄게.”

베로니카에게는 명인의 요리실력에 24점을, 뛰어난 힘에 70점을 썼다. 이로서 남은 포인트는 65점이 되었다. 거의 포인트를 다 써버린 셈이지만, 내 사람들에게 썼다고 생각하니 전혀 아깝지가 않았다. 베로니카를 수정하는 걸 마지막으로 나는 책을 다시 가슴에 갈무리했다.

“선물타임도 끝났으니 여러분에게 일러둘 게 있어. 당분간은 내 비밀을 지켜줬으면 해. 내 힘은 아직 진짜 신들에게 비하면 갓난아기에 불과하거든.”

“알겠어요.”

“기억해두겠다.”

"다른 신이 대장의 성장을 훼방 놓으러 찾아올 수도 있다는 겁니까?"

"그럴 수도. 무슨 일이 일어나도 이상하지 않아. 하지만 걱정하진 않겠어. 다들 잘해줄 거라 생각해. 내가 여러분들에게 권능을 베푼 건 여러분을 그만큼 믿는다는 신의의 증표니까."

언젠가 내 힘을 공표하긴 해야 할 것이다. 설정북을 기가 막히게 활용할 방법이 떠올랐다고 했는데, 그것은 나 스스로를 신으로 선포하는 일이었다. 단순히 정복사업만 하는 것보다 종교지도자를 병행하는 것이 포인트가 두 배로 벌리지 않겠냐는 계산이었다. 신이 되기 위한 설정북으로 신 흉내를 내겠다니, 재밌는 발상 아니냐.

델릭턴을 부르지 않은 건 순전히 포인트상의 문제였다. 세 명분으로도 포인트가 간당간당했던데다가, 그는 우선순위에서 개넌보다 아래에 있었다. 왜 델릭턴이 올가보다도 순위가 아래냐고? 그건 내 가슴에게 물어보시라.

"자, 안건은 두 가지가 다야. 이제 각자 할 일을 찾아가도록 하자고."

나는 아침 회의를 끝냈다. 올가와 베로니카는 같은 방향으로 사라졌다. 저 쪽이 주방이었지 아마.

라울은 델릭턴과 나눌 말이 있다고 했다. 비상시국이라 예비대를 추가로 편성했는데, 장비 지급 건으로 바쁘댄다. 나는 가일을 대동하고 성벽 시찰을 나갔다. 병사들은 수성전을 대비하느라 여념이 없었다. 나는 별다른 방해를 받지 않고 성벽을 거닐 수 있었는데, 거기에는 내 후줄근한 차림이 한몫하고 있었다.

우리 군은 흑사자 전사대를 무찌르면서 수많은 고가의 장비를 노획했다. 진짜 좋은 갑옷은 집 한두채 값도 나갔다. 덕분에 팔자 핀 부하들도 많았으나, 아쉽게도 내 갑옷만은 마땅한 걸 구할 수 없었다. 내 키가 작았기도 하거니와, 몸매가 워낙 여리게 빠진 탓에 맞춤갑옷이 아니고서는 안 입느니만 못했기 때문이었다.

나는 게이트 위의 성루로 올라갔다. 여기가 성벽에서는 가장 높은 지점이었다.

"후아."

바람이 시원하게 불어오고 있었다. 나는 돌담에 기대 도시 앞 벌판을 쳐다보았다. 그러고 보니 도시 밖을 구경하는 건 또 처음이었다.

'멋지구리 하구만.'

작가치고 묘사가 저질이긴 하지만, 어쩌겠냐. 이건 직접 봐야지.

지평선 끝까지 가도가 일직선으로 뻗어있었다. 오가는 사람은 없었다. 전쟁이 가까이 왔다는 걸 아는지 날씨가 꽤 음산했다. 대낮인데도 차양을 드리운 듯 사위가 어두

웠고, 어슴푸레 천둥소리가 들려왔다.

"어이."

누가 누구를 부르는 모양이었다.

"거기, 너."

설마 나?

고개를 돌려보니 거의 백구십은 됨직한 떡대가 날 쳐다보고 있었다. 가일이 나를 대신해서 나서려고 했다. 나는 손을 뻗어 그를 말렸다.

"나 불렀냐?"

"그래, 너희 둘 임마. 처음 보는 놈들인데, 어디 소속이냐?"

나는 가일과 눈을 마주쳤다. 우리 둘에게서 동시에 대답이 나왔다.

"백은 전사대."

"백은 전사대라고? 갑옷은 까만색인데?"

"아아, 우리도 마음에 안 들어. 예산 부족이라나 뭐라나."

"위엣놈들이 하는 말이야 항상 그렇지."

놈은 투구 뚜껑을 올리며 친한 척을 해왔다. 녀석은 도시 수비대였다. 등판에 멘 방패가 내 키만큼이나 컸다. 인상이며 덩치는 고릴라가 따로 없었는데, 나이는 스무 살 정도 되어 보였다.

"반갑다. 너희들 얘긴 많이 들었다. 나는 '십장' 민츠다."

"나는 조커, 그리고 이쪽은 가일."

우리는 장갑을 벗고 손을 마주잡았다. 놈은 '십장' 이라는 말에 유난히 포인트를 두었다.

'어쭈?'

단단한 아귀힘이 느껴졌다. 이 녀석 이거, 힘자랑하고 싶은가보네. 나는 속으로 웃음을 삼켰다. 얌마, 상대가 잘못돼도 한참 잘못됐다고.

내 표정에 전혀 변화가 없자 녀석의 안색이 찌푸려졌다. 녀석은 용을 더 쓰다가, 어색해질 즈음에야 손을 떼었다.

"흐, 너 보기보다 제법인데?"

"그런 소리 많이 들어."

내가 진짜 힘을 썼으면 니 손가락이 쥐포가 됐을 거라고는 차마 말을 못하겠다.

"근데 백은 전사대가 여기서 뭘 하냐? 너희들 배치구역은 이쪽이 아닐 텐데."

"명령을 받았거든. 성벽 상태가 괜찮은지 둘러보라고."

"이곳은 보시다시피 이상 없다. 내가 몇 번이나 점검했어."

"그렇다면 다행이고."

"맞아. 너네들 안 바쁘면 테나단님 얘기나 좀 들려주고

가면 안 되겠냐?"

"테나단, 아니, 테나단님은 왜?"

가일이 큭큭대고 있었다. 나는 팔꿈치로 가일의 옆구리를 찔렀다. 민츠는 들뜬 어조로 말을 이어갔다.

"그야 그분이 자타공인 니바의 최강자이기 때문이지. 강한 전사가 강한 군주를 동경하는 건 자연스러운 일이다."

"니바 최강은 베로니카일걸."

"우, 웃기지 마라!"

녀석은 벌컥 소리를 쳤다.

"미안, 내가 좀 다혈질이라. 하지만 너, 너희 대장님께 그렇게 말하는 건 경우가 아니지. 물론 베로니카님도 강하긴 해. 락스톤을 아무나 이길 수 있는 건 아니니까. 하지만 테나단님은 커터맨을 일격에 두 조각을 냈다고. 상상이나 가냐? 그 커터맨이 일격에?"

뒤에서 기습했다고 하면 울릴 거 같네.

"그래, 대단하네."

"당연히 대단하지! 테나단님이 있으면 우리는 불패라고. 안 그러냐 친구들?"

녀석은 갑자기 다른 병사들을 향해 동의를 구했다.

"이예!"

"우리가 최강이다!"

다들 뭔 소리진지도 모르고 있었을 텐데, 손을 들며 잘도 호응해주었다.

나는 바람결에 휘날리는 은발을 정리하다가, 문득 궁금증이 생겼다.

"너 근데 테나단님이 어떻게 생겼는지는 아냐?"

"당연히 알고 있지!"

오호라, 그건 흥미로운걸.

"어떤데?"

"일단 덩치가 이만큼 크다."

녀석은 손을 자기 머리 삼십 센티 위로 뻗었다. 나는 고개를 꺾어 녀석의 손가락 끝을 쳐다보았다.

내가 저 키가 되려면 하루 우유를 십 리터씩 마셔도 무리겠는데.

"과연."

"그리고 얼굴에 십자형의 상처가 있지. 가로의 흉터는 니바의 슬럼을 접수하며 난 상처고, 세로의 흉터는 커터맨의 저주받은 블랙하트에게 당한 상처다."

사연이 있는 십자의 흉터라. 꽤 그럴듯했다. 이놈을 속인 녀석은 소설가 지망생이 분명했다.

"잘 알고 있네."

"수비대라고 세상물정 모르는 바보들만 있는 줄 알면 곤란하다고."

"그런데 커터맨은 기술 한번 못 쓰고 일격에 뻗었던 거 아니었어? 상처는 어느 틈에 입은 거람."

"그, 그건…."

녀석은 말을 더듬었다.

"최, 최후의 일격이었다고 들었다."

"아, 최후의 일격. 맞아. 그게 있었지."

나는 손바닥을 탁 내리쳤다. 마음 같아선 녀석을 더 놀려주고 싶었다. 녀석을 내 마수에서 구해준 건 난데없는 말발굽 소리였다. 성벽 밖 저만치에서 말이 달리는 소리가 들려왔다. 나와 가일, 민츠는 누가 먼저랄 것도 없이 성벽가에 붙었다. 기병 한 기가 가도를 따라 달려오고 있었다. 기병의 손에는 흰 깃발이 들려 나부꼈다.

"테나단님."

가일이 내게 속삭였다.

"울토르군의 전령입니다."

"저게 전령이라고?"

나는 가일에게 되물었다. 요새 전령은 전신갑옷에 마갑이 유행인 모양이군. 게다가 저 갑옷 좀 봐라. 어찌나 까만지 주변의 빛이 빨려 들어가는 것만 같다. 저건 집 한두 채 값을 넘기겠는걸.

성벽 곳곳에서 적의 접근을 알아차리고 소요가 일어났다. 그 대표주자가 바로 민츠였다.

"울토르의 개야! 여기는 네까짓 것들이 넘볼 곳이 아니다!"

이놈 목청이 또 엄청나게 컸다. 성대가 확성기라도 되는 듯했다. 기수는 약 백 미터 거리까지 접근하자 서서히 속도를 늦췄다. 민츠의 활약 덕에 성벽 위에선 야유가 쏟아지고 있었다.

"보통 놈이 아니군요."

"확실히."

가일이 느끼는 바와 같다. 나는 가일보다 몇 차원 더 뛰어난 전사였기 때문에, 저 자가 내뿜는 기세가 손에 잡힐 듯 뚜렷했다. 흡사 호랑이가 한 마리 웅크리고 있는 것만 같았다. 기수는 전혀 위축됨 없이 고삐를 다루며 백기를 천천히 흔들었다. 교섭을 하고 싶다는 신호였다.

"저 교활한 자식이 대화를 요구하는군."

민츠는 분에 겨운지 이를 갈았다.

"저런 수작질에 넘어가면 안 되는데, 제길. 어쩌지? 너희들, 너희들이 가서 테나단님한테 말씀 전해주면 안되겠냐?"

"뭐라고 말을 해? 협상은 우리 같은 말단이 나설 일이 아니잖아."

"그렇지만…… 울토르는 마법사잖아. 그놈들은 물에 빠져도 입만 살 놈들이라고."

"테나단님이 어련히 알아서 잘하겠지. 믿음을 가져봐."

민츠는 우물쭈물 거리다가 한숨을 푹 내쉬었다.

"네 말이 맞다. 내가 나설 일이 아니지."

고개를 떨구는 모습이 어쩐지 귀여웠다. 나는 씩 웃으며 녀석의 허리를 두드렸다. 원래는 어깨를 터치하고 싶었는데, 이놈 높이가 장난이 없는지라.

"그렇다고 풀죽을 건 없어. 테나단님은 신분을 따지지 않고 인재를 쓰시니까. 네가 분발한다면 언젠가는 테나단님의 결정에 영향을 미칠 수 있는 자리에 오를 수도 있지 않겠어."

"그래, 반드시 난 그분의 장군이 되고 말 테다…."

"그때가 되면 날 잊지 말라고, 하하."

이글이글 효과라도 넣은 것처럼 녀석의 눈이 반짝였다. 마음에 들었다. 둔하고 순박하나, 열정만큼은 누구에게도 지지 않을 사내였다. 그는 내 설정집엔 등장하지 않는 인물이었다. 그러나 내가 들어옴으로서 나르바하의 역사는 크게 바뀌었다. 시대는 폭주할 것이고, 새로운 영웅이 탄생할 것이다. 그 후보에 민츠가 있지 말란 법이 없었다.

"아, 우리 대장님이다."

야유가 잦아들었다. 델릭턴이 병사의 무리를 이끌고 성벽에 오르고 있었다. 델릭턴 옆에는 라울도 보였다.

"소속을 밝혀라!"

병사 한 명이 델릭턴을 대신하여 소리쳤다.

“나는 남방 8개주의 정통한 주인이자 비전의 탑의 로어 마스터, 대군주 울토르님의 전령이다. 너희의 수장에게 전달할 메시지가 있다.”

이때는 델릭턴이 있었음에도 불구하고 아까보다 더한 야유세례가 쏟아졌다. 울토르를 남방의 주인이라고 표현한 것 때문이었다. 니바도 남방 8개주에 속한 도시이니, 침공 의사를 명백히 보인 셈이었다.

“대장님! 델릭턴 대장님! 저런 놈을 그냥 두시면 안 됩니다!”

민츠는 목이 터져라 꽥꽥댔다. 나는 귀를 틀어막으며 아래를 내려다보았다. 라울과 델릭턴이 무언가 대화를 나누고 있었다. 지금쯤이면 나를 찾으러 사람을 보냈을 것도 같았다.

잠깐만. 내가 성벽에 간다는 걸 알리고 왔던가?

“주군께서는 바쁘시다. 할 말이 있거든 썩 말하고 물러나라!”

“직접 대면하여 건네야 하는 메시지다. 입성을 요구한다.”

이번의 대화는 길지 않았다. 라울이 승낙 사인을 보냈다.

“성문을 열어라!”

강철로 된 육중한 이중문이 서서히 열리기 시작했다.

상황은 민츠가 우려하는 방향으로 흘러가고 있었다. 바야흐로 야만의 시대였다. 전령의 목을 베어 보낸다던가, 전령인 척 와서 적의 수장을 암살한다던가, 그런 일이 비일비재했다. 저만한 수준의 전사가 전령을 자처하는 것부터 수상한 구석이 한두 가지가 아니었다.

기수는 고삐를 당기며 성문 안으로 말을 몰았다. 병사들은 구경을 하려고 내성 쪽으로 쏠렸다. 가일이 내게 속삭였다.

"이젠 돌아가셔야 하지 않을까요?"

"그렇겠지."

요 덩치랑 얘기하는 재미가 쏠쏠했지만, 노닥거릴 때는 아니니까.

"민츠."

"왜?"

"시간을 지체했어. 우린 다음 장소로 가볼게."

"아, 그래. 반가웠다. 또 볼 수 있겠지?"

"그래. 또."

그는 내게 주먹을 내밀며 씨익 웃었다.

"죽지 마라, 조커."

"너야말로."

나와 가일은 그와 주먹을 마주쳤다. 녀석은 동료들을 돌아보며 냅다 소리쳤다.

"친구들, 백은 전사대의 무운을 빌어주자고!"

"오오, 우리가 최강이다!"

저 녀석들은 여전히 못 알아들은 것 같은데.

나는 가일과 함께 층계참으로 향했다. 그 때였다. 구석의 화로가 누가 걷어차기라도 한 듯이 흔들렸다. 이어서 불이 확 붙으며 소녀의 실루엣이 튀어나왔다.

"어라, 베로니카."

여전히 요란스러운 등장신이었다. 베로니카는 몇 초간 허공에 체공해 있다가 사뿐히 바닥에 발을 디뎠다.

"베, 베, 베로니카님?"

이번 전투로 일약 스타가 된 건 나 혼자가 아니었다. 베로니카는 아름다운 외모와 강한 실력으로 뭇 남성들의 아이돌과 같았다. 이곳의 반응만 봐도 알 수 있었다. 민츠뿐만 아니라 성루의 병사들 모두가 입 크기를 재고 있었다.

"여기 있었군."

베로니카는 사뿐사뿐 걸어와 내 앞에서 멈추었다. 이제 두 번째 충격이 찾아올 차례였다.

"테나단, 라울이 찾고 있다."

"허억? 테나단님?"

민츠는 눈이 튀어나올 듯 경악했다. 내가 기대한 것 제곱의 리액션이었다.

"당신이…… 정말 테나단님?"

"에, 맞아. 아쉽게도 십자흉터 같은 건 없지만. 속여서 미안하다."

나는 머쓱하게 말끝을 흐렸다.

"아는 사람인가?"

베로니카가 고개를 갸웃거리며 물었다. 나는 민츠를 쳐다보았다. 그는 어찌나 긴장을 했는지 땀을 줄줄 흘리고 있었다. 병사들은 숨을 죽이고 우릴 쳐다보았다. 나는 고개를 들어 그의 눈을 마주보았다.

"성벽 수비대야. 성루의 십장이라는군."

녀석의 눈썹이 처졌다. 알기 쉬운 반응이었다.

"하지만 언젠가 내 장군이 될 사람이지."

나는 민츠에게 윙크를 보냈다. 고릴라 같은 얼굴이 비로소 활짝 폈다. 헤픈 것은 잠시였다. 녀석은 부동자세를 취하며 가슴에 주먹을 갖다 대었다.

"영광입니다, 테나단님!"

"죽지 마, 약속했듯이."

"예! 죽지 않겠습니다! 반드시 장군이 돼보이겠습니다!"

목청은 벌써부터 장군감이라니까. 화통이라도 삶아먹은 것 같다. 나는 경례를 받아주었다. 그리고 뒤를 돌아보지 않고 자리를 떠났다. 기분이 좋았다. 뺨을 스치는 바람에서 운명 같은 게 느껴졌다.

장군이 되어주지 않아도 좋다. 평생 날 안주거리 삼아도 좋으니까, 살아만 남으라고.

전령은 곧장 영주공관으로 향한 모양이었다. 왔을 때와 달리 돌아가는 길은 상당한 주목을 받았다. 베로니카 덕이었다. 그녀는 처음 봤을 때에 비해 분위기가 꽤나 바뀌었다. 처음에는 누구라도 태워버릴 듯한 흉폭함이 느껴졌다면, 지금은 어딘가 풋풋해지기까지 했달까. 탁기가 가시니 소녀 특유의 화사함이 살아났다. 내가 그녀의 떠돌이 생활을 끝낸 게 긍정적인 영향을 준 것 같았다.

공관의 복도는 이미 백은 전사대가 점거하고 있었다. 최고 수준의 경계태세였다. 나는 진을 친 병사들을 지나 메인 홀에 도착했다.

"오셨습니까."

먼저 도착해있던 델릭턴과 라울이 인사를 올렸다. 홀에도 병사의 수가 상당했다. 홀 정중앙에는 아까의 기수가 서있었는데, 가까이서 보니 압박이 멀리서 내려다볼 때와는 격이 달랐다. 딱히 우리를 견제하는 것 같지도 않은데도 솜털이 오슬오슬 일어섰다.

놈은 실내임에도 투구를 쓴 채였다. 갑옷 뒤춤에는 두 개의 메이스가 교차하여 메어져 있었다. 이둔류를 쓰는 전사인가? 나는 울토르 휘하 장수 중 이둔류를 쓸 법한 무력형 인물의 리스트를 떠올려보았다. 짐작가는 자가 서넛은 됐다. 그러나 얼굴을 보기 전까지는 누구로 특정하기 힘들었다.

"울토르의 전령입니다. 주군을 뵙고 전달할 메시지가 있다고 합니다."

나는 그를 지나쳐 옥좌에 가 앉았다. 놈은 확실히 대단했다. 그러나 나는 더욱 대단하다. 이곳은 나의 성지였다. 나는 주눅들 이유가 없었다.

"투구는 그만 벗어도 될 것 같은데."

그는 반응이 없었다.

"주군의 말씀이 들리지 않나?"

델릭턴이 검집에 손을 가져가며 위협적으로 말했다. 라울은 베로니카에게 손짓으로 신호를 보냈다. 베로니카는 이미 손가락 끝에서 홍염을 피워올리고 있었다.

"역시…."

그가 말했다. 어쩐지 낯익은 목소리였다.

"제 눈이 틀리지 않았습니다."

기수는 투구를 벗었다. 짧게 친 검은 머리카락, 그리고 날카로운 눈매의 얼굴이 드러났다. 나는 그만 웃고 말았다.

"개넌."

곧 만날 거라 기대는 했으나, 전령이랍시고 찾아올 줄은 꿈에도 몰랐다. 베로니카와 델릭턴은 내가 그를 알아보는 듯하자 의아한 표정이었다.

"소개를 해야겠지. 아카이드 개넌, 내 첫 번째 장군이다."

개넌은 공손히 허리를 숙였다. 내가 니바를 손에 넣으면 신종하겠다던 약속은 성사되었다.

"허어…… 놀랍습니다."

델릭턴은 도깨비에라도 홀린 듯한 반응이었다. 어느 날 갑자기 튀어나온 나만 해도 이해불가일 텐데, 울토르군에서 내 장군이란 자까지 나오니 얼마나 기가 막히겠냐.

"그리고 여기 수염이 멋진 아저씨는 아메로 델릭턴. 내 경호대장이다."

"반갑소."

"반갑습니다."

두 사람은 평이하게 인사를 나누었다.

"그리고 이쪽은 베로니카 산탄젤로. 베로니카도 너와 같은 장군이야."

"반갑습니다."

베로니카는 말없이 개넌을 노려보았다. 미세하게 고개를 끄덕인 거 같기도 한데.

베로니카, 그렇게 잡아먹을 듯이 안 봐도 돼. 네가 더 강하니까.

"그나저나 어쩐 일이야? 우리가 짜둔 계획이 있지 않았었어?"

"이걸 읽어보시면 이해되실 겁니다."

개넌은 품에서 봉인된 편지를 꺼냈다. 나는 가까이 오라고 손짓했다. 그가 다가올수록 홀의 분위기는 일촉즉발이 되었다. 오직 나 혼자만이 여유를 잃지 않고 있었다. 녀석은 배신하지 않는다. 설령 녀석이 나를 배신했다 하더라도, 친한 척 하며 칼을 꽂는 건 녀석의 스타일이 아니었다.

"이것입니다."

개넌은 내게 편지를 건네고 순순히 물러섰다. 둘둘 말린 편지는 끄트머리가 밀랍으로 봉인되어 있었다.

"반란군의 수괴에게 고한다."

나는 편지를 펼쳐서 모두가 들을 수 있도록 읽어나갔다.

"그대에게 묻겠다. 그대는 어찌하여 니바 시의 정당한 지도자인 카엔 로젠트를 축출하였는가? 그대는 어떤 법을 근거로 하여 니바 시를 점거하였는가? 권력이란 왕실에서 나오는 것이다. 적법한 인가 없이 토지를 무단으로 점유하는 자는 이 나라 이 왕실에 반역을 꾀하는 역도에 불과하다. 그러니 명하겠다. 지금이라도 늦지 않았으니 무기를 거두고 항복하라. 항복한다면 최소한의 온정을 베풀어 그대의 친인척과 부하들에게만은 죄를 따지지 않겠다. 그러나 그대가 나의 제안을 거부한다면, 십만의 군대와 천 갈래의 벼락이 그대를 단죄할 것이다. 나는 비전의 탑을 수호하는 로어마스터로서 고통받는 신민을 위해 싸워야 할 의무가 있다. 부디 현명한 판단을 내리기 바란다. 남방 8개 주의 정통한 주인이자 비밀의 수호자인 대군주 울토르."

나는 흘려 쓴 서명까지 친절하게 읽어주었다. 홀에는 쥐죽은 듯 침묵만이 흐르고 있었다. 아주 모욕적인 도발이었다. 그러나 덮어놓고 분통을 내기에는 애매한 상황이었다. 내 장군이라는 사람이 가져온 편지니까.

"과연, 그렇게 된 것이군요."

라울이 주변을 환기시켰다.

"개넌공이 왜 주군께 충성하는지 알겠습니다. 저는 주군께서 흑마술이라도 익힌 줄 알았습니다만, 이 편지로 모든 미스테리가 풀리고 말았습니다."

녀석은 의기양양해하며 홀 중앙으로 나왔다. 저러다 할아버지의 이름이라도 걸 기세였다. 나는 턱을 괴고 심드렁하게 대꾸했다.

"말해봐."

"생각해보십시오. 울토르에게 주군이 어떤 사람이겠습니까?"

"어떤 사람인데?"

"조무래기죠."

이놈, 경어만 쓴다뿐이지 깝죽대는 건 여전하네.

"정확히 표현하자면 성질 더러운 조무래깁니다. 주군의 별명이 니바의 미친개였죠. 척 들어도 뭔가 루저같은, 사회에 대한 울분으로 가득 차 있을 사람 같지 않습니까? 울토르에겐 그런 캐릭터가 아주 좋은 타겟입니다. 건달, 도적, 산적, 뭐 이런 부류들이 울토르의 주요 섭외 대상이었죠. 모르긴 몰라도 개넌공 또한 마찬가지였을 겁니다."

"그렇습니다."

개넌은 고개를 끄덕이며 수긍했다. 개넌은 산적 출신이었다. 물론 소설에 흔히 나오는, 주인공한테 한푼 뜯으려다 퇴치당하는 잡범은 아니었다. 그보다는 홍길동에 가까웠다. 환경이 그를 밖으로 내몰았다 뿐이지, 큰 뜻을 가슴에 품고 있는 사내였다.

"울토르가 편지로 말하고 싶은 건 간단합니다. 개넌공을 죽여 달라는 겁니다."

"내가? 개넌을?"

"예. 편지 한 장에 도시를 넘겨받을 생각 따위는 애초부터 없었을 겁니다. 기대도 않죠. 그러니 놈은 처음부터 설득을 포기하고 값싼 도발로 편지를 가득 채워버린 거죠. 미운 놈의 처리를 우리한테 떠맡긴 겁니다. 주군께서 소문대로 무도한 사람이라면 기분 나쁘다고 전령 목 치는 것쯤이 어렵겠습니까? 행여 죽지 않고 돌아가더라도 괜찮습니다. 그때는 그때대로, 회유에 실패했다고 질책하면 되니까요. 여기서 재미있는 건 개넌공이 어째서 그렇게까지 미움을 사고 있는가 하는 부분입니다. 아, 이런 말은 개넌공께 실례가 됩니다만."

"괜찮습니다. 잘 보셨습니다."

개넌은 순순히 인정했다.

"한 가지 이유는 추측할 수 있습니다. 우리는 흑사자 전사대를 전멸시키지 못했습니다. 도망친 놈들 중에 울토르군으로 흘러간 놈도 있었을테니, 주군이 협약을 깼다는 사실이 알려졌을 겁니다. 그걸 속좁은 울토르놈은 개넌공의 탓으로 돌렸겠죠."

"질책을 하려고 전령으로 썼다는 거구만."

"예, 그렇죠."

"충분히 그럴 놈이긴 하지."

개넌이 울토르의 미움을 사는 이유는 단순했다. 라울의 말대로 울토르는 각지에서 소외받는 자들을 끌어모았다. 좋게 표현하자면 그렇고, 나쁘게 말하자면 도적떼나 다름없었다. 개넌도 산적이다보니 어찌 섞여 들어가긴 했는데, 그는 무리에 어울리지 않는 별종이었다. 녀석은 자신이 세상을 위해 뭔가 해야 한다고 생각했거든. 역겨운 놈, 재수탱이, 위선자. 그게 개넌의 꼬리표였다.

"개넌."

"예, 주군."

"환영한다."

"분골쇄신하겠습니다."

개넌은 내게 재차 허리를 숙였다. 그리고는 울토르의 상징이 들어간 회색 튜닉을 맨손으로 찢어버렸다. 나는 그 모습을 흐뭇하게 지켜보았다. 좌 개넌, 우 베로니카. 내가 바라마지않던 꿈의 조합이 아닌가.

"이렇게 된 이상 작전을 변경해야겠습니다."

"어떻게?"

"여기를 보십시오."

라울은 내 방에 두었던 전략지도를 메인 홀로 옮겨두었었다. 지도는 조금 더 규모를 확장하여 성 주변까지 묘사해내고 있었다.

"전임 영주가 시정을 완전 말아드시기 전에, 니바 시는 상업도시로 유명했습니다. 사통팔달로 도로가 트여있고, 험지는 전부 개간이 되었죠. 우리는 사방으로 대군이 기동할 만한 평지를 가지고 있습니다. 지키는 싸움을 하기에는 좋은 환경이 아닙니다. 그러나 나가 싸우기엔 이만한 곳도 드물죠."

"요격전을 하자고? 그러기에는 우리 병사들 경험이 부족하지 않아?"

"주군의 말씀이 옳습니다. 저희 병사들은 대부분 니바

에서 나고 자란 연고자들로, 큰 싸움을 경험해본 적이 없습니다."

델릭턴이 내게 동의했다. 그래, 그게 내가 알고있는 상식이야. 나 작가거든.

"괜찮습니다. 우리에겐 경험을 상쇄할만한 무기가 있습니다."

"어떤?"

"주군입니다. 그리고 주군을 포함한 여러분들입니다. 이런 말이 있습니다. 맹병이란 타고나는 게 아니다. 맹장이 이끌기에 맹병인 것이다. 모자란 경험은 여러분들이 채워주시면 됩니다."

"너 전술 공부는 어느 틈에 했냐?"

"어제 스무권 정도 읽었습니다. 다 비슷비슷한 내용이라 시시하더군요."

녀석은 한국의 수능생들, 그리고 나르바하의 학자들이 공분할 말을 아무렇지 않게 주워담고 있었다. 십만 분의 일의 꼴로 이렇게 재수없는 놈이 태어난다. 한번 쳐다보기만 해도 암기가 되고, 공식을 가르쳐주지 않아도 암산을 한다는 놈들.

"아직 사람들은 테나단이란 이름을 모르고 있습니다. 그러니 이번 전투를 통해 천하인들에게 주군의 이름을 새겨주셔야 합니다. 목표가 천하통일 아닙니까? 고작 마적

떼의 선봉대조차 어쩌지 못한다면, 일찌감치 사업 접어야 죠."

"흐음."

녀석 달변인데. 영업 잘 뛸 것 같다.

틀린 말은 아니었다. 여긴 판타지 세계니까. 전략과 전술이 여전히 중요하지만, 그것만큼이나 중요한 게 장군의 전투능력이었다. 생각해봐라. 이순신 장군이 암만 대단했어도, 왜군 중에 일격에 거북선을 쪼개는 검사가 있었다면 그 신화가 써졌겠냐.

"좋아, 요격전을 준비하자. 나가서 박살을 내주는거다. 그리고 라울."

"예."

"너도 전투원으로 뛰어야 해. 그러라고 준 능력이니까."

"당연히 그럴 생각입니다. 아주 쓸모가 많은 능력이더군요."

"병력은 지금부터 이동시켜야겠지?"

"빠를수록 좋습니다."

"그럼 부탁한다. 델릭턴과 라울은 새로 온 개넌과 잘 공조해서 지휘를 맡도록. 그리고 병사들이 빠져나가면 수비에 공백이 생길 거야. 수비공백은 민간인에게 전담시켜. 여자와 노인을 가리지 말고."

"민간인을 말입니까? 하지만…."

"아! 멋진 계책입니다."

라울이 델릭턴의 말을 자르며 감탄했다. 녀석이라면 내 노림수를 알아들었을 것이다. 적은 당연히 우리가 수성전을 할 것이라 여기고 있었다. 그것이 갑자기 야전으로 바뀐 것만 해도 혼란스러운데, 성벽에도 병력이 충분히 있는 것처럼 보인다면 계산이 복잡해질 수밖에 없었다.

덧붙여서, 이것은 배수진이었다. 병사들에게 일깨워줄 필요가 있었다. 이 전투가 어떤 의미인지, 무엇을 지켜야 하는지. 역사 속의 배수진이 강을 등지고 싸웠다면, 우리의 배수진은 가족을 등지고 싸울 것이다. 그 배수진이 비극의 단초가 될 것인지, 새로운 전설을 목도할 일등 관람석이 될지는 온전히 우리 몫에 달려있었다.

영화 트로이를 보면서 이런 생각을 한 적이 있었다. 내가 저 시대에 살았더라면? 내가 트로이의 시민이었다면? 그저 스치고 지나간 상상이었는데, 어느 날 나는 꿈을 꾸었다. 꿈속에서 나는 진짜로 트로이의 병사가 되었다.

"전투에 임할 때 나에겐 원칙이 있다. 단순한 원칙이다. 신을 섬기고, 내 여자를 지키고, 조국 트로이를 사랑하라!"

헥토르 왕자가 소리쳤다. 영화 속 대사 그대로였다. 나는 방패를 두드리며 함성을 질렀다. 발이 푹푹 빠지는 모래사장을 열심히 달려갔다. 꿈속에서도 나는 키가 작았다. 나는 짧은 검을 휘두르며 열심히 싸웠다. 그러다 어느 순간부터였다. 주변이 허전해져만 갔다. 나는 고개를 두리번거리며 동료들을 찾았다. 어느덧 남겨진 병사는 한 줌도 되지 않았고, 한 전사가 귀신같은 솜씨로 아군을 해치우는 중이었다.

'아킬레스!'

꿈속에서도 아킬레스는 브래드피트였다. 나는 그만 발이 얼어붙고 말았다. 나는 그를 이길 수도, 도망갈 수도 없었다. 피할 수 없는 죽음이 다가오고 있었다.

꿈은 거기서 끝이었다. 일어나고 나서도 두려운 감정이 한동안 가시질 않았다. 하도 신기한 꿈이어서, 언젠가 이걸 소설에 써먹어야겠다고 생각했다.

그랬던 적이 있었다는 이야기다. 나는 희뿌연 새벽빛을 받으며 자리에서 일어났다. 예정보다 훨씬 일찍 깬 것 같았다. 나는 흐트러진 머리카락을 정리하며 픽 웃었다.

인간사 정말 알 수 없다. 꿈이 현실이 된 것도 모자라, 내가 아킬레스 입장이 되다니.

나는 갑옷을 대충 걸치고 거치대에서 언월도를 꺼내들었다. 창을 쥐자 검을 다룰 때와 확연히 다른 일체감이 느껴졌다. 누구에게도 지지 않을 것만 같은 자신감이 샘솟았다.

"일어나셨습니까."

막사를 나오자마자 가일이 인사를 건네왔다. 나는 눈살을 찌푸리며 먼 하늘을 바라보았다. 태양이 이제 막 솟아오르고 있었다.

"잠은 좀 잤어?"

"예. 팔팔합니다."

"끈 좀 묶어줘."

"예."

가일이 갑옷 매듭을 조이는 동안, 나는 들판에 펼쳐진 천막의 숲을 훑어보았다. 곳곳에서 아침밥을 짓는 연기가 피어오르고 있었다.

"밥은 먹었고?"

"아직입니다."

"안 먹었으면 아무거나 가져와봐. 같이 먹게."

"도노반씨가 주군을 위해 특별히 맡겨둔 도시락이 있습니다."

"아, 그거면 완전 감사하지. 아저씨한텐 매번 신세를 지네."

투구 너머로 녀석의 눈이 웃는 것 같았다.

"다 됐습니다."

"고맙다."

"여어, 일어나셨습니까?"

막사 틈바구니에서 라울이 건들거리며 나타났다. 녀석

은 밤을 설친 것 같았다. 머리가 새집인데다, 다크서클이 뚜렷했다. 저런 모습을 찍어다 여성팬들한테 보여줘야 할 텐데.

"너 꼴이 말이 아니다."

"괜찮습니다. 차 한 잔이 저와 함께하니까요. 여유와 품격, 인간이 인간일 수 있는 이유죠."

나는 녀석의 손에서 찻잔을 낚아채어 홀떡 마셔버렸다.

"이러시깁니까?"

"미안, 나도 인간이고 싶었다."

가일이 도시락을 가져왔다. 도노반씨는 날 어지간히 잘 먹이고 싶었나보다. 반찬이 통조림마냥 꽉꽉 눌러 담아져 있었다. 맛은 있었는데, 먹는 데 집중하진 못했다. 이상하게 가슴이 자꾸만 뛰었다. 마치 세상에 갓 나온 망아지가 된 것처럼.

라울은 그새 자기 천막으로 들어가 차를 다시 타왔다. 집요한 남자였다.

"정찰조의 보고가 들어왔습니다."

"뭐라고 하던?"

"별 건 없습니다. 정직하게 행군해오고 있다는군요. 곧 우리 진영의 맞은편에서 나타날 겁니다."

"그럼 맞아줄 준비를 해야 하는 거 아냐?"

"아침 식사를 끝내는 대로 진군명령을 내리겠습니다."

폭풍 전야라고 할까. 평원은 조용했다. 날씨는 선선했고, 간간히 산들바람이 불어왔다. 그러나 병사들의 얼굴엔 긴장감이 역력했다. 텐트는 빠르게 철거되었다. 병사들은 움직이면서 식사를 병행하고 있었다. 장교들이 분주히 뛰어다니며 병사들을 독려했다.

약 삼십분 후, 지평선 너머에서 기병 한 기가 나타났다. 아군의 병사가 아니었다.

"전방에 적 출현!"

"적이 나타났다!"

짧은 외침이 가져다준 파문은 컸다. 이때 아군은 전열을 완전히 갖추고 있었다. 기병은 척후조였는지, 말머리를 돌리고 곧 사라져버렸다.

"장군들을 모두 소집시켜라."

"예."

나는 훌쩍 뛰어 말에 올라탔다. 내 말은 잡털 하나 없는 순백색이었다. 그러나 허옇다뿐이지, 소설에 나오는 천리마 같은 녀석은 아니었다. 이 놈은 오직 백은 전사대의 이미지 메이킹을 위해 라울이 고른 놈으로, 살림살이가 나아지면 더 나은 녀석으로 바꿔야만했다.

투구를 쓰고 무장을 갖출 동안 장군들이 하나둘 도착했다.

"델릭턴."

"하명하십시오."

델릭턴의 갑옷에는 도시 수비대 마크가 지워져있었다. 이젠 내 소속이라 이거지. 이것이 바로 아저씨의 섬세함이랄까.

"왼쪽은 네게 맡기겠다."

"반드시 공을 세워 보이겠습니다."

델릭턴은 좌익의 군을 지휘하러 떠났다.

"개넌."

"예, 주군."

나는 정면에서 시선을 돌리지 않았다. 아직 가시거리에 적의 본대가 들어오진 않았다. 그러나 발을 맞춘 군화 소리와 노랫소리가 들리기 시작했다.

"너는 선봉이다. 작전대로."

"주군께 승리의 영광을 바치겠습니다."

개넌은 말 위에서 고개를 숙였다. 녀석의 투기가 장난이 아니었다. 탱크라도 마주하고 있는 것만 같았다. 게다가 저 말을 보라. 녀석은 말도 내가 탄 말과 급수가 달랐다. 저 말이 바로 장군마란 놈이었다. 나르바하의 장군들은 완력이 초인적인 영역에 닿아 있는지라, 어지간한 말은 공수교환 도중에 다리가 꺾이기 마련이었다. 초인의 힘을 받아낼 수 있는 말, 그것이 장군마였다.

이거 명색이 대장인데, 우째 아이템빨은 내가 제일 후지네.

"베로니카."

베로니카는 나를 올려다보았다. 장군 중에선 그녀만 말에 타지 않은 채였다. 그녀에겐 말이 필요없었다.

"네겐 오른쪽을 맡기겠어. 역시 작전대로, 잘 부탁해."

"내 불 앞에서 저항할 수 있는 적은 없다."

"믿는다, 베로니카."

베로니카는 우익쪽으로 떠났다. 아니, 떠나기 전에 발을 멈추었다. 그녀는 내 앞에서 할 말이라도 있는 듯 입을 오물거렸다.

"응?"

"테, 테나단."

나는 그녀가 무슨 소리를 하나 싶어서 가만히 쳐다보았다. 그녀는 어쩐지 날 똑바로 보지 못하고 있었다.

"죽지 마라. 내가 용서안할 테니까."

뭐?

"자, 잠깐…!"

베로니카는 그 말과 함께 사라져버렸다. 나는 입을 벌린 채로 흩날리는 불꽃만 바라보았다. 방금 무슨 상황이었지?

"청춘이군요, 보기 좋습니다."

라울이 옆에서 낄낄거렸다.

"대륙 사상 최초로 군주한테 맞아죽은 책사가 되고싶

냐.”

“적이 보입니다.”

녀석은 곧바로 딴청을 피웠다. 아니군. 녀석의 말대로였다. 적의 본대가 드디어 나타났다. 아군이 술렁이는 게 느껴졌다. 독전관들이 호통을 치며 대열을 돌아다녔다. 적은 지평선을 따라 꾸역꾸역 끝도 없었다. 가슴이 떨려왔다. 아까보다도 더. 전장의 공기가 나를 흥분시키고 있었다.

이거 제정신은 아닌 것 같은데. 보통 이럴 때는 긴장이 되어야 맞지 않나?

적은 우리의 약 이 킬로미터 앞 지점에서 진형을 갖췄다. 아군도 적에 맞서 노래를 부르기 시작했다. 음정도, 박자도 제멋대로인 노래는 오직 적의 기선을 죽이는 데에만 목적이 있었다. 목을 따서 개선하겠느니, 귀와 코를 베어가겠느니 가사는 살벌하기 짝이 없었고, 모든 구절이 클라이막스자 후렴이었다. 양군이 목청이 터져라 소리를 돋우는 와중에 적 진영에서 묘한 움직임이 있었다.

쿵, 쿵, 쿵, 적병들이 일정한 리듬으로 창대를 찍어댔다. 중무장한 전사 한 명이 대열 앞으로 말을 몰아 나왔다.

“저건….”

적 기수는 고삐를 현란하게 다루며 보란 듯이 도발적으로 움직였다. 그는 한눈에 봐도 장군급의 인물이었다. 말,

투기, 무장상태, 무엇 하나 비범하지 않은 게 없었다.

"대장전을 요구하는군요."

그가 뭐라고 소리치는지 정확히 들리진 않았다. 아마도 욕설이겠지. 적들이 노래를 멈추고 웃어제끼는 걸 보면 말야. 반대로 우리 쪽은 벙어리가 된 듯이 조용해졌다.

삼국지의 로망인 일기토. 그러나 그것은 어디까지나 로망일 뿐, 실제 역사에서 대장과 대장끼리 승부를 가린 일은 극히 드물었다고 한다. 그것이 당연했다. 무장 한 명이 죽었다고 해서 이길 전쟁을 지고, 질 전쟁을 이기는 게 아니었으니까. 그러나 이곳은 나르바하다. 나르바하의 전쟁이란 얼마든지 한두 사람의 초인에 의해 결정지어 질 수 있었다. 이곳의 일기토는 하나의 전술이었다.

"주군, 대응해야 합니다."

"알아."

아군 병사들은 대부분이 영지병 출신으로 경험, 패기, 모든 면에서 열세였다. 이 전장에 변수가 있다면 그들이 용기를 내어 일치단결하는 것뿐이었다.

"누가 나갑니까?"

누가 나가냐고. 나는 개넌을 바라보았다. 이때 병사들의 시선도 개넌에게로 모이고 있었다. 우리 중에서 액면이 가장 강할 것 같은 전사가 이 사내였으니까.

"맡겨주신다면."

개넌은 짧게 말하며 고개를 끄덕였다. 실로 믿음직하기 짝이 없었다. 그와 베로니카는 그야말로 종이 한 장 차이로, 나와 울토르 양군을 통틀어 최강의 라인업이었다. 개넌이 나서준다면 저 건방진 자식의 목 하나 따오는 것쯤이야 어렵지 않다. 내가 고민하는 건 다른 이유 때문이었다.

"내가 나가야하지 않을까?"

"주군이 직접 말입니까?"

"생각해보니 이 전쟁은 내 데뷔전이란 말이지. 그렇다면 화려하게 가는 게 좋잖아."

"화려하게 낙마하시게요?"

"자식아. 이겨준다고. 내가 모범을 보여야 이슈가 되지 않겠어? 이슈가 되어야 쓸 만한 사람들이 모여들 테고."

"일리는 있습니다. 아니, 그게 최상이긴 합니다. 무조건 이긴다는 가정이라면요. 하지만 과연 그럴까요?"

나는 라울의 반문에 침묵했다. 무조건 이긴다는 가정, 그런 것 따위가 가능할 리가. 능력치의 우열로 죽고 사는 게 결정된다면 이게 게임이게.

"죽을 수도 있지. 근데 여기 안 죽는 사람도 있냐? 나만 유별 떨 것 없어. 가서 싸우고, 승리자가 되어 영광을 독차지하면 되는 거지."

"주군의 목숨은 충분히 유별납니다. 왜 여기 이렇게 많은 사람들이 모였다고 생각하십니까? 누굴 위해서 이들이 싸운다고 생각합니까? 진짜로 사람 목숨이 다 똑같을 거 같으면 여기 나와서 싸울 사람 아무도 없습니다. 하지만 그렇지가 않지요. 주군은 아군의 구심점입니다. 병사야 천 명쯤 죽어도 상관없습니다. 주군께서 살아있다면 아군은 승리한 거니까요. 하지만 병사가 한 명도 죽지 않더라도 주군께서 죽으면 아군의 패배인 겁니다."

"네 말이 옳긴 한데……."

녀석의 말이 정론이긴 하다. 하지만 역사라는 게 꼭 정론대로만 돌아가진 않았다. 누가 이름을 남기는가. 누가 전설이 되는가. 역사를 크게 진일보시키는 건 남들 하지 못하는 걸 해내는 선각자들에 의해서였다.

지금 이순간도 각지에서 숱한 군웅들이 세력을 일구고 있을 것이다. 그들은 모두 엄청난 강자들로 묘사되었다. 그들은 군대의 앞에 나서서 싸우길 꺼리지 않았다. 남들이 영웅전설을 쓰고 있는 마당에 나 혼자 뒤에 숨어있을 수는 없지 싶었다.

"이 자리가 많은 사람을 책임지는 자리이긴 해. 하지만 전장에 나서서 싸울 수 없는 군주는 사람들을 책임질 수도 없다고 생각해."

나의 말은 아군 본영에 조용히 퍼져나갔다. 다들 놀란

눈치였다. 그래, 이게 나다. 군주로 치면 여포 타입이고, 게임으로 치면 정치력이 바닥을 기는 유형이다.

"그건 궤변 같은데요."

"실제로 그러는 군주가 한둘이 아니잖냐. 울토르만 해도 어디 남들 뒤에 숨는 거 봤냐."

"울토르의 경우는 좀 다릅니다. 그 사람은 워낙 강하잖습니까."

"나는?"

"……개넌공. 그렇다는데 어떻게 생각하십니까? 공이 거들어 주셔야 주군께서 고집을 꺾을 것 같습니다만."

개넌은 가만히 날 쳐다보았다. 녀석의 투구는 워낙 두꺼워서 표정을 분간할 수 없었다.

"괜찮습니다."

녀석은 특유의 허스키한 목소리로 대답했다.

"제가 주군께 반한 게 그런 열정입니다."

"맙소사."

라울은 얼굴을 감싸쥐었고, 나는 기가 살아 낄낄거렸다.

"들었지?"

"이건 인정할 수 없습니다. 정상적인 사람을 데려와서 다시 물어보죠."

"알았어, 물어봐. 내가 볼일 끝내고 나거든."

나는 기합성을 내며 말을 앞으로 몰았다. 병사들이 좌우로 갈라졌다. 갈라진 아군의 사이로 쭉 뻗은 평야, 그리고 밀집한 적의 전열이 보였다. 내 심장은 브레이크가 풀린 듯 거칠게 맥동하고 있었다. 손에 쥔 창의 감촉, 들이쉬는 공기, 모든 것이 뻑 가버릴 만큼 좋았다. 나는 창대를 높이 들었다.

"테나단!"

백은 전사대를 필두로 병사들이 나의 이름을 연호했다. 말이 놀란듯 거칠게 투레질을 했다. 나는 녀석의 갈기를 쓰다듬으며 속삭였다.

"아무것도 두려워할 필요 없다. 넌 무적이다."

누구에게 말하는지 모를 소리를 하며 나는 전진했다. 진영 앞 약 일 킬로미터 지점에 이르자, 더 이상은 나갈 수 없었다. 적장과의 거리가 마보로 불과 스무 걸음이었다. 나는 창날을 바닥에 닿을 듯 늘어뜨리며 놈을 관찰했다. 놈은 나보다 덩치가 훨씬 컸다. 족히 이 미터는 넘어 보이는 게 민츠보다도 큰 거한이었다. 두 장수가 마주하자 평야는 다시 고요해졌다.

막상 나오니 긴장이 되기도 했다. 창대를 쥔 손이 땀으로 축축했다. 아예 긴장도 안 된다면 그건 미친놈이겠고.

"나는 성산(城山)의 오베르라고 한다. 너는 누구냐?"

들어보지 못한 이름이다. 대충 산적떼의 두목을 데려다가 포섭책이랍시고 적당한 감투를 씌워준 것일 것이다. 울토르군의 주력은 어디까지나 마법사였다.

"나는 조커다."

난 일부러 가명을 댔다. 이 허름한 장비로 군주라고 밝혔다간 비웃음을 살 것 같아서. 어차피 우리가 나누는 대화는 다른 이들에게 들리지 않는다.

"밝힐만한 무명(武名)은 없나?"

"그런 거 안 키워."

"아무리 인재가 없다지만, 이런 애송이라니."

"충고하지. 이름으로만 사람을 판단하는 건 좋지 않은 버릇이다."

놈은 내 말을 귓등으로 흘리며, 천지가 쩌렁쩌렁 울리도록 소리쳤다.

"개넌! 어디 있느냐, 비겁자야!"

개넌이라고?

"나와라, 배신자여! 고작 어린아이의 뒤에 숨으려고 도망쳤더냐? 네놈이 남자라면 나와서 나와 겨루어라!"

녀석의 외침에 발맞춰 개넌을 향한 욕과 조롱이 쏟아졌다. 거시기를 떼라는 둥 내시라는 둥, 뭐 그런 원색적인 비난들이었다.

"어이가 없군."

이 자식이 날 완전히 투명인간 취급하는데. 자기도 내 설정북에 이름 한 줄 올리지 못한 애송이 주제에 말이야.

"아카이드 개넌! 네놈에겐 자존심이라는 것도 없나? 아니면 거기서도 도망쳐버린 것이냐?"

아무래도 정신이 번쩍 들게 해줘야 할 것 같다.

나는 언월도를 지면과 수평이 되게 들었다. 로독 돌격창술은 창을 다루는 무술 중 가장 공격적인 무기술인데, 지금 선보일 기술은 그 돌격창술 중에서도 앞뒤 안 가리기로 유명한 기술이었다. 나는 창을 뒤로 당기며 말고삐를 비틀어 쥐었다.

투창술, 거인의 힘은 보너스다.

"흐압!"

내 손을 떠난 창은 포탄이라도 된 듯 격렬하게 날아갔다. 후폭풍이 돌풍이 되어 땅을 후려쳤고, 소리가 뒤늦게 따라 나왔다. 보였다 싶은 순간 이미 창날은 타겟을 관통하고 있었다. 관통한 것도 모자라서 적 본영 위를 새가 된 것처럼 비행했다.

"가자!"

나는 블랙하트를 뽑아들며 박차를 가했다. 마보로 스무 걸음은 제로거리나 마찬가지였다. 나는 순식간에 녀석의 정면으로 쇄도했다. 놈은 큰 부상을 입은 채로 물에 빠진 사람처럼 허우적대고 있었다. 녀석은 도저히 장군이라고 봐줄 수 없는 솜씨로 창을 휘저었다. 나는 창날을 사선으로 비껴 막으며 놈의 옆구리를 깊게 베어 지나쳤다. 궁중검술 엘체. 이 때를 위해 쓴 50포인트였다.

"커헉!"

한 뼘의 거리를 두고 말과 말이 교차했다. 나는 십여 미터를 더 가서 말을 멈추었다. 평야는 다시 고요함을 되찾고 있었다. 그러나 분위기가 달랐다. 이번의 것은 경악이었다.

적장의 거체가 스르르 아래로 미끄러졌다. 발이 고삐에 걸리는 바람에 완전히 추락한 것도 아니었다. 주인 잃은 말은 어쩔 줄을 모르며 제자리를 빙글빙글 돌았다.

나는 말머리를 적의 본대로 돌리며, 성벽 위를 흘긋 올려보았다. 성벽은 수비군으로 위장한 민간인들로 빽빽했다.

거기서 잘 지켜보라고. 테나단의 방식을.

"소개가 늦었다! 내 이름은 테나단, 니바 시의 영주다."

나의 목소리는 평야를 메운 양 진영에 또렷이 전달되었다. 적병들은 자습시간 고삼들마냥 수군거렸다. 내가 영주라는 것에서 충격을 받은 모양이었다. 놈들이 나에 대해 알고 있는 정보래봐야 건달, 양아치. 그런 것에 불과했을 테니.

"그리고 보았다시피, 나는 내 것을 지키기 위해서라면

물불을 가리지 않는 사람이다. 도시를 원하는가? 나의 도시다. 개넌을 되찾고 싶은가? 내 장군이다. 바란다면 가져가보아라. 단, 대가는 네놈들의 목숨으로 치러라!"

나는 블랙하트를 치켜들어 적진을 가리켰다.

"전군, 돌격하라!"

이때의 소리는 지금까지의 함성을 모두 합친 것만큼이나 컸다. 아군 병사들은 고함을 지르며 성난 들소떼처럼 내달렸다. 내 퍼포먼스는 기름 위에 화약을 던진 것과도 같았다. 오천 명의 병력이 파도처럼 적에게 들이쳤다. 적의 장교들은 대열을 유지하기 위해 필사적이었다. 그러나 이미 부딪히기도 전에 창을 거꾸로 쥐는 놈들이 나오고 있었다. 아군은 완전히 기세를 탔다. 이것은 여포가 아니라 여포 할애비가 와도 못 막는 돌격이었다.

나도 구경만 할 수는 없었다. 내가 한 명이라도 더 베야 아군 한 명이 산다. 나는 적장의 시체에서 창을 수거했다. 그리고 적의 밀집대형에 뛰어들었다.

"살고 싶으면 무기를 던져라!"

적들은 나를 알아보고 있었다. 무기를 버리며 무릎을 꿇는 놈들이 속출했다. 이것이 울토르군 최대의 단점이었다. 승냥이 같은 놈들을 모아둬서 전투력은 높은데, 우리가 하나라는 집단의식이 없었다. 녀석들은 울토르를 위해 죽어줄 준비가 되지 않았다. 장수가 죽은 게 문제가 아니었다. 장수가 죽었다고 전의를 완전히 잃어버린 것이야말로 놈들의 패인이었다.

나는 한 무리의 병사를 이끌고 거침없이 적진을 주파했다. 적들은 그야말로 추풍낙엽으로 쓰러졌다. 그렇게 약 십여분을 설쳤을 때였다. 뒤통수가 간질거리며 이상한 기분이 들었다. 머리 위의 먹구름이 속이 불편한 듯 쿠르릉거렸다.

"조심하십시오!"

나와 함께하던 병사들이 소리쳤다. 한순간 천지가 하얗게 밝아졌다. 나는 반사적으로 창을 들어 얼굴을 가렸다.

"끄아아악!"

굵은 전격이 창대를 강타했다. 몸이 분자단위로 분해되는 듯한 고통과 함께 시야가 한 차례 반전했다.

"헉…… 헉…… 제길."

나는 바닥에 엎드려 숨을 골랐다. 낙마를 한 것 같았다. 함께하던 아군은 모두 죽었는지 보이지 않았다. 나는 후들거리는 다리에 힘을 주어 일어섰다. 이곳은 전장의 한가운데였다. 무방비한 채로 있다가는 당장 목이 떨어져나가도 이상하지 않았다.

마법, 그것도 평범한 마법이 아니다. 명백하게 규격외였다.

나는 창을 세워 앞을 향해 겨누었다. 주위를 둘러싼 적군 사이에서 깡마른 여자가 걸어나왔다. 아무리 마법사라고 해도 전장에선 갑옷을 입는 게 철칙일진대, 그녀는 달랑 얇은 로브만 걸치고 있을 뿐이었다. 저런 부류의 마법사는 두 가지였다. 정신이 나갔거나, 방어마법이 갑옷의 방어력을 아득히 초월하거나.

그녀는 다시 한 번 주문을 외웠다. 정신이 퍼뜩 들었다. 사람을 잿가루로 만들 위력의 낙뢰였다. 저런 걸 몇 번 더 허용한다면 제아무리 내가 튼튼하다고 해도 버틸 재주가 없다.

"비켜!"

나는 창을 쥐고 적 병사들 사이로 뛰어들었다. 설마 자기편을 죽이겠어. 뭐 이런 순진한 생각을 했던 것 같다.

"심판의 창."

영창소리는 차분했으나, 결과는 전혀 그렇지 않았다. 다시 한 번 하늘이 열렸다. 마치 종말의 날이라도 찾아온 것 같았다. 먹구름에서 수백 줄기의 뇌전이 뻗어와 지면에 줄달음쳤다.

이건 못 막는다. 번개의 다발을 보자마자 알 수 있었다. 나는 이를 꽉 깨물고 몸을 웅크렸다.

"크으으…."

살이 타는 냄새가 났다. 앙다문 입이 내 의사와 상관없이 부들부들 떨렸다.

"으으으악…!"

코에서 핏방울이 흘렀고, 흐르는 즉시 기화되었다. 이빨이 갈려나갈 듯 떡떡 부딪혔다. 육신과 영혼이 분리되는 듯한 느낌이었다. 그러나 나는 아직도 쓰러지지 않고 있었다.

"그만 죽어라, 괴물아!"

조무래기들이 내게 칼을 휘둘렀다. 나는 언월도를 사선으로 큼직하게 베었다. 잡병을 쓸어담는 데에는 중병기만 한 게 없었다. 졸개들은 아직도 어찌 상대할 만한데, 문제는 저 마법사였다.

'심판의 창, 소어의 전용기였지.'

소어, 적 선봉부대의 대장. 그녀는 울토르가 가장 신임하는 마법사였다. 고작 오천으로 도시 하나를 함락시키러 덤빌 수 있었던 이유이기도 했다.

그녀는 숨을 고르고 있었다. 다음 주문을 준비하는 것이리라.

'어쩌지?'

다음 공격을 버틸 자신이 없었다. 겉은 멀쩡할지 몰라도, 내 내장은 굽다만 토스트와 같았다. 그렇다고 도망을 치기에는 가오가 서질 않았다. 내가 끝까지 버텨줘야 오늘의 시나리오가 완성되지 않겠냐고.

에라, 모르겠다. 이걸 맞고도 멀쩡한지 보자.

나는 언월도를 수평으로 들었다. 두 번째 투창술, 간다아!

"대, 대장님!"

나는 무지막지한 힘으로 창을 소어에게 메다꽂았다. 그녀의 몸이 붕 떠서 하염없이 뒤로 날아갔다. 적병들은 기겁해서 그녀를 받으러 달려갔다.

이봐들, 그렇게 놀라지 않아도 돼. 흠집도 못낸 거 내가 확인했으니까.

역시 전용기 없이는 저 정도 급의 실력자를 상대할 수 없구나. 그녀는 곧 멀쩡하게 돌아올 것이다. 나는 블랙하트를 뽑아들었다. 적들의 포위는 여전했다. 무리 중에는 정령술사도 두엇 보였다.

'멍청하기는.'

삘 받았다고 앞뒤 안 가리고 어디까지 들어온 거냐. 단순한 유인책에 당해서 '포위됐도다!' 라고 탄식하는 놈들. 소설에서 가장 한심하게 봐왔던 부류였다. 그런데 그게 바로 내 이야기일 줄이야. 라울에게 붕어라고 까여도 할 말없다.

"저놈이 적의 대장이다. 놈의 목을 베어오는 자에게 큰 상을 내리겠다!"

"우와아아아!"

사방에서 적병이 쏟아졌다. 놈들은 소어를 지키던 근위

무사들이었다. 덤비는 놈 치고 강병 아닌 놈이 없었다. 개중에서도 거슬리는 게 정령술사였다. 놈들은 베로니카처럼 전신을 정령화할 수 있는 경지는 아니었으나, 부상당한 내겐 충분히 위협적이었다. 나는 적을 처치하기보다 버티는 데 주력했다. 아군은 여전히 밀어붙이고 있을 것이다. 전선이 올라오기만 한다면 이깟 놈들 쯤이야.

"큭!"

오른팔에 구멍이 뚫렸다. 나는 팔을 감싸며 주춤주춤 물러났다.

어디지? 분명히 다 막았는데.

"킥킥."

작은 웃음소리가 들렸다. 속삭이는 듯 희미한 소리였다.

나는 악착같이 덤비는 병사 둘을 추가로 베어 넘겼다. 적의 공격은 내게 전혀 위협이 되지 않았고, 나는 완벽히 적의 허를 찔렀다. 교본에 실려도 좋을 법한 깔끔한 공격이었다. 그런데 갑자기 옆구리가 뜨끔해졌다. 손을 가져다 대니 흥건히 피가 묻어나왔다.

"히히히…."

또 들렸다. 발아래였다. 극도로 집중하고 있었기에 놓치지 않을 수 있었다. 나는 검을 들어 땅을 내리찍었다.

"캬아아악!"

그림자가 살아있는 생물이라도 되는 것처럼 몸부림쳤다. 섬뜩한 광경이었다. 그림자는 삽시간에 몸집을 불리더니, 지면에서 튀어나와 내게 뻗쳐들었다. 나는 검을 힘껏 휘둘러 그것의 허리를 양단해버렸다.

"끄어어…."

그림자의 색이 옅어지며 본래의 형체가 드러났다. 광대처럼 눈과 입에 진한 화장을 한 남자였다. 그는 고통스런 눈빛으로 나를 바라보다가, 힘없이 고개를 떨구었다.

"자카레님이 당했다!"

이름이 자카레였군.

녀석은 그림자의 정령술사였다. 마침 마법검인 블랙하트를 들고 있었기에 망정이지, 골치아플 뻔했다.

이런 놈이 몇이나 더 있을까. 서른이었나?

소어가 다시 나타났다. 나 때문에 흙이라도 먹었는지 표정이 곱지 않았다. 그녀의 기분은 즉각 날씨에 반영되었다. 먹구름이 용트림을 하며 곳곳에 벼락을 뱉어내었다. 나는 그녀의 설정을 재빨리 떠올려보았다.

– 팔라 소어

울토르의 동생이자 비전의 탑의 부탑주. 그녀를 대표할

단어가 있다면 옹졸함이다. 그녀는 질투의 화신이며 히스테릭의 여제다. 본판은 미인형이나, 메마른 성격이 관상마저 푸석푸석하게 바꿔놓았다. 고기를 절대 입에 대지 않는 것으로도 유명하다. 그녀의 까다로운 입맛을 맞추기 위해 울토르군은 항상 일류 쉐프를 대동하고 다닌다.

전용기술 : 심판의 창, 성장 촉진, 용권풍
처치시 획득하는 점수 : 210

획득 점수가 무지 높긴 한데, 성격으로 보나 능력으로 보나 가시가 있는 장미로군.

"너, 날 화나게 했겠다!"

그녀의 손에서 전격이 파지직거렸다. 전용기는 아니지만, 평범한 전격마법이라도 싸구려 갑옷을 걸친 내겐 치명적일 것이다. 하지만 나는 여유를 되찾고 있었다.

"이만큼 했으면 할 만큼 한 거지?"

"그렇습니다."

묵직한 기운이 등 뒤에서 나타났다. 진즉부터 그가 다가옴을 알고 있었다. 녀석의 기운은 무시하기 힘들 정도로 거대하니까.

"그럼 교대하자고."

"주군께선 서둘러 치료를 받으십시오."

"이길 수 있겠어?"

"모르겠습니다. 그러나 저를 쓰러뜨리지 않고서는 누구도 주군께 닿지 못할 것입니다."

개넌이 내 앞을 가리고 섰다. 흡사 검은 철탑이라도 세워진 것만 같았다. 개넌을 따라서 방패를 든 병사들이 라인을 구축한 채로 진군했다. 병사들은 처음 맛본 승리로 활기가 넘치고 있었다.

나는 뒤로 물러나며 말 하나를 얻어 탔다. 한숨 돌리니 주변을 돌아볼 여유도 생겼다. 아군은 성공적으로 적을 밀어붙이고 있었다. 델릭턴이 맡은 좌익은 뒤쳐져 있었으나, 처음부터 그에게는 단단한 수비만을 주문했었다. 오른쪽 날개는 베로니카가 만든 불바다를 따라 한 폭의 지옥도를 연출하고 있었다.

"네가 감히!"

무슨 접시라도 깨진 줄 알았다. 소어의 히스테릭한 외침이었다.

"내, 내가 널 얼마나 아꼈었는데, 내가 널 거뒀는데!"

머리카락을 쥐어뜯으며 광분하는 게 보고 있기 무서울 지경이었다.

개넌은 담담하게 반박했다.

"너는 날 거둔 것이 아니다. 가둔 것이겠지."

"이 은혜도 모르는 짐승아. 주인을 배신한 것도 모자라서 칼까지 내미느냐!"

"짐승이라니, 오히려 그 반대다. 테나단님께서 어리석었던 나를 일깨워주셨다. 나는 네게 재롱을 피워야하는 개가 아니다, 소어."

"너는… 너는!"

소어는 말을 하다 말고 숨을 몰아쉬었다.

"여기서 끝을 내자."

개넌은 허리에서 두 개의 메이스를 뽑아 양손에 쥐었다. 차갑고 촉촉한 게 볼에 닿았다. 나는 하늘을 올려다보았다.

'눈?'

날씨가 미쳐 돌아가고 있었다. 소어의 마력 또한 마찬가지였다. 구름이 배수구 뚜껑을 연 것마냥 어마어마한 기세로 소어에게 빨려 들어갔다. 그녀의 세 번째 전용기, 용권풍이 틀림없었다. 나는 대경하여 소리쳤다.

"전원, 방어태세로 전환해라!"

수비대의 방패에는 마법이 코팅되어 약간이나마 마법 저항력이 있었다. 병사들은 방패를 땅에 박고 거북이처럼 몸을 웅크렸다. 나라고 예외가 있을 수 없었다. 나도 병사들의 방패 뒤에 납작 달라붙었다.

용권풍은 피아를 가리지 않는 광범위한 공격마법이었다. 피아식별은커녕 진행방향조차 컨트롤할 수 없는 마법이었다. 그러나 위력만큼은 여타의 마법과 비교를 거부했다. 나는 방패를 꽉 붙들고 허벅지에 힘을 단단히 주었다.

"온다!"

후우우우우…….

지름 약 삼십 미터는 됨직한 토네이도가 전장에 소환되었다. 공기가 떨리는 소리가 장송곡을 연상시켰다. 외마디 비명과 함께 인간이 하늘 위로 곤두박질쳤다. 하늘 위로 처박힌다, 정확히 보는 그대로의 묘사였다. 인간뿐만 아니라 흙, 바위, 모든 것이 집어삼켜지고 있었다. 나는 방패의 틈바구니로 개넌을 바라보았다. 그의 널찍한 등판이 회오리에 삼켜지기 직전이었다.

"개넌!"

개넌은 양 어깨에 메이스를 올려놓고 오른발을 내딛었다. 절체절명의 순간, 그는 승부를 걸고 있었다. 그는 휘몰아치는 바람의 중심부로 몸을 날렸다. 마치 성벽에 들이받는 충차를 보는 것만 같았다. 그의 전용기이자 유일한 공격기인 '으깨기' 였다.

개넌의 몸은 바람의 막에 빨려 들어가 보이지 않게 되었다. 나쁜 상상을 걷잡을 수 없었다. 바람의 기세는 전혀 줄지 않았고, 오히려 덩치만 불려가는 것 같았다.

"무조건 버텨라!"

병사들은 앞사람의 등을 떠받치며 필사적으로 방패를

지지했다. 하지만 그들도 알고 있을 것이다. 저건 마법이 아니라 자연재해였다. 방패 따위로 버틸 수 있는 게 아니었다. 어떻게든 궤도를 돌려놓지 않는다면 중군이 송두리째 괴멸될 위기였다. 병사들의 얼굴이 점차 암담해졌다.

"영주님, 피하십시오."

"어서 물러나셔야 합니다!"

병사들이 간곡한 어조로 부탁했다. 나는 내 앞에서 방패를 지지하고 있는 사내와 눈이 마주쳤다. 그의 눈빛이 찌를 듯 강렬하게 뇌리에 박혔다. 그는 절박했다. 자신이 죽어도 좋으니 나만은 살아가라고, 진심으로 호소하고 있었다.

"안 돼."

"영주님!"

"시끄러, 안 되는 건 안 되는 거야. 치사하게 너희들만 폼 잡을쏘냐."

"저희같은 놈들을 위해 희생하실 필요는 없습니다!"

"너희도 나 같은 놈 때문에 희생할 필요 없어. 말할 기운 있으면 힘이나 더 주라고."

"영주님……."

미련하다고, 멍청하다고 해도 할 말 없다. 하지만 어쩌겠어. 나를 위해 죽어주겠다고 말하는 이 얼굴들을 보라고. 저렇게 병아리 어미닭 쳐다보듯 하는데, 내가 어떻게 혼자 될 수 있겠냐.

"들었나, 자식들아! 영주님께서 우리와 함께하신다. 버텨라. 네 팔이 가루가 되는 한이 있더라도!"

장교들이 부르짖었다. 병사들은 내 어리석음에 감화되어 죽음을 자처하고 있었다. 진짜로 토네이도와 한판 뜰 기세였다. 뭐, 지금부터 도망간다고 뾰족한 수가 없기도 했다. 기병이 아닌 이상 바람보다 빠를 수는 없으니까.

하지만 지금 상황이 그렇게 절망적이지 않을 수도 있었다. 내가 아무런 생각없이 남겠다고 한 건 아니었다. 실은 비책이 하나 있다. 개넌이 패배하더라도 시도해볼 수 있는 최후의 방법. 설정집으로 바람의 정령을 불러내는 거다. 아직 내겐 포인트가 65점이 남아있었고, 정령계약에 필요한 점수가 그쯤 되었다. 물론 나는 마력이 없으니 일반적인 계약은 불가능했다. 그래도 바람을 멈춰주는 것 정도는 부탁해볼 수 있지 않겠냐는 말이지.

말해놓고 보니 도박이 따로 없군.

"영주님!"

"왜?"

나는 실눈을 뜨며 대답했다. 토네이도는 이십 미터 밖까지 다가와 있었다. 흙먼지가 활화산처럼 분출하고 있었다. 눈을 뜨기도, 입을 열기도 힘든 상황이었다.

"저걸 보십시오!"

병사의 외침이 모기처럼 앵앵거리듯 들렸다. 나는 방패 너머로 고개를 빼 보았다.

"어라?"

"저, 저거!"

병사들의 눈이 놀라움에 부릅떠졌다. 토네이도의 방향이 천천히 바뀌고 있었다. 그뿐만이 아니었다. 마치 거대한 손이 바람을 잡아 비틀기라도 하듯, 회오리의 형태가 큼지막하게 뭉개지고 있었다.

"개넌이군."

나는 작게 감탄했다. 으깨기는 목표를 부숴버린다는 전투의 가장 원초적인 목표에 충실한 전용기였다. 거기에는 바람이라고 예외가 될 수 없었다. 마법이건 정령이건 일단 걸리면 아작이 나는 거다.

서서히 바람이 가라앉았다. 흙먼지가 쓸려가고, 시야가 점차 회복되었다. 어지간한 축구 경기장만큼의 면적이 초토화가 되어 있었다. 적의 전열은 완전히 괴멸되어버렸다. 소어의 마법은 결과적으로는 자신의 군대만 해친 셈이었다.

울토르, 보고 있나? 이래서 넌 소설에서도 지방군주 이상이 되지 못한 거야. 통제할 수 없는 마법사를 동생이라는 이유만으로 지휘관이랍시고 앉혀놨으니.

개넌일 것으로 추정되는 실루엣이 보였다. 바닥에 쓰러

진 채였다.

"개넌!"

나는 튕기듯 몸을 일으켜 달려갔다. 고장난 육신이 비명을 질러댔으나, 개의치 않았다. 내가 아픈 건 아무래도 좋다. 나쁜 상상이 현실화되기라도 했다면, 만약 그가 내 눈 앞에서 죽기라도 한다면…… 아니, 생각하지 말자.

"야, 괜찮냐!"

쓰러진 이는 개넌이 맞았다. 이 갑옷을 잘못 볼 수 있을 리가.

이중삼중으로 항마력이 부여된 아티펙트임에도 불구하고, 갑옷이 거의 반파되어 있었다. 갑옷보다 심각한 게 상처였다. 보이는 자상이 몇 개인지 셀 수조차 없었다. 나는 손가락을 뻗어 개넌의 목을 눌렀다. 뛰고 있는 동맥이 느껴졌다. 다행이다, 아직 살아있다.

"의무병!"

나는 그를 끌어안고 버럭 소리쳤다.

"치유사, 종군사제, 아무나 와 봐!"

나서는 이가 없었다. 이런 상황을 소설에서 숱하게 묘사했었다. 아군의 종군사제는 다섯 명에 지나지 않았다. 워낙 귀한 인력이다보니 그들은 전선에 투입되지 않았다. 개넌을 후방까지 데리고 간다 하더라도, 그들의 마력이 남아있다는 보장도 없었다. 지난번에도 고작 나 하나 치료했다고 힘겨워하지 않았더냐.

잠깐, 소어는 어떻게 됐지? 개넌이 이 모양이 됐다면 소어도 멀쩡할 리가 없는데.

나는 전장을 더 살펴보았다.

“소어!”

그녀도 역시 살아있었다. 바위를 지탱해 힘겹게 몸을 일으키는 중이었다. 입은 데미지는 개넌보다도 심해보였다. 의식은 남아있는 것 같은데, 팔 하나가 보이지 않았다. 그러나 그녀에겐 우리에게 없는 게 있었다.

“죽여버리겠어…… 죽여버리겠어!”

소어는 섬뜩한 저주를 읊어대며 손에서 흰 빛을 뿜었다. 그녀는 회복마법의 달인이기도 했다. 그녀 정도의 수준이라면 잘린 팔 하나 복구시키는 것쯤은 일도 아니었다.

“소어.”

나는 내가 무엇을 해야 할지 계산을 마쳤다.

“얘기를 좀 하자.”

“죽일 테야….”

“너는 이미 패배했어. 네 군대는 더 이상 너와 같이 싸우길 원치 않는다고.”

무분별하게 불러낸 용권풍 탓에 적군은 사기가 크게 꺾여버렸다. 전황은 거의 마무리 국면에 접어들고 있었다.

특히 소어 주변에는 남아있는 적병이 한 명도 없었다. 자기 지휘관한테 죽을 수도 있다는데 어떤 호구가 계속 싸우고 싶겠냐.

"거래를 제안할게. 명목상으론 포로겠지만, 어떤 위해도 끼치지 않고 극진히 대접할 것을 약속하지. 대신 내가 바라는 건 한 가지 뿐이야. 개넌을 치료해다오."

"너……."

그녀는 눈을 치켜떴다. 산발한 머리카락과 핏발이 선 눈동자가 섬뜩하기까지 했다.

"너만, 너만 아니었어도!"

앞머리가 화악 휘날렸다. 실체가 느껴질 정도로 엄청난 살기였다.

"이게 다 너 때문이야. 그 가증스런 혀로 개넌을 현혹시켰겠다!"

"어이, 무슨 헛소릴 하는 거야. 앨 쫓아낸 건 너희들이잖아. 이런 인재를 고작 백인장으로 부려먹으면서 충성이라도 바란 거냐?"

아, 욱해버렸네. 하지만 말도 안 되는 소리를 하니까.

"넌…… 아무것도 몰라."

"알 수 있게 설명해줄 마음은 없고?"

"개넌은 그래야만 해."

"그래야만 하다니. 그게 무슨…."

"그는 내 거야. 너 같은 놈한테는 안 줘!"

소어는 두 팔을 벌리고 마력을 개방시켰다. 미쳤군, 그 말이 저절로 나왔다. 이 여자는 두 번째 용권풍을 준비하고 있었다. 그녀의 머릿속에는 이미 전쟁의 승패 같은 건 지워지고 없었다. 그녀는 개넌과 나, 그리고 벌판을 통째로 날려버릴 심산이었다.

쪼그라들었던 먹구름이 급격히 세를 불려갔다. 그녀도 마력을 많이 소모했다. 아까보다는 확연히 속도가 느렸지만, 이 거리에서 마법이 완성된다면 그땐 어떤 요행도 바랄 수 없었다.

찰나간에 터질 듯이 많은 생각이 머리를 스쳐갔다. 막아야한다. 하지만 어떻게? 창이 없으니 투창술을 할 수 없다. 그렇다면 검을 던져? 아니야, 투검술은 배운 적조차 없다. 그녀를 막을 만큼의 위력을 못 낸다고.

설정북. 설정북으로 바람의 정령을…… 잉크는? 잉크는 피로 대체 가능해. 그러나 시간이 없다.

머리 위로 그림자가 드리웠다. 웅장한 용권풍이 위용을 갖춰가고 있었다. 마력을 소모해서 완성속도가 느린 게 아니었다. 그녀는 마력의 제어를 아예 놓아버렸다. 아까 것보다 훨씬 큰 사이즈였다.

"아하하하하하하!"

그녀의 형체가 보이지 않았다. 마법은 이제 완성까지

단 한 걸음을 남겨두고 있었다. 검 손잡이를 쥔 손이 땀으로 흥건했다. 눈을 한번 깜빡이면 된다. 이제 아주 잠깐이면 나의 목숨은 그것으로 끝이다. 피할 수 없는 죽음, 아킬레스가 떠올랐다. 그녀야말로 나의 아킬레스였다.

나는 곧 죽는다.

'아니야.'

방법은 남아있었다. 진정한 최후의 길이었다. 그것은 김유빈이 아니라, 오직 테나단만이 가능한 방법이었다. 이 시대를 살아가는 영웅이라면 목숨과 맞바꾸어 하나의 깨달음을 얻을 수 있다. 그것은 두려움을 짓밟고 죽음을 정복했다는 징표였다.

'전용기.'

〈2권에서 계속〉